距離太近，關係太遠的十七歲

1

久遠侑 Yu Kudo
illustration 和遙キナ Kina Kazuharu

Kadokawa Fantastic Novels

距離太近，
關係太遠的十七歲

Contents

插畫
和遙キナ

第一章　搬來的那一天

到達約好碰面的車站以後，我快步走進人海中，背倚剪票口前的巨大圓柱，觀看電子告示板上的時刻表。

下午四點十二分，再三分鐘她所搭乘的電車就要到達。儘管驚險萬分，但我對於總而言之沒遲到這件事安下心來，將後腦杓靠在柱子上，在傍晚車站的吵鬧聲中輕輕呼了口氣。

一個月前，媽媽告訴我親戚的小孩要搬過來。從那之後一直到昨天，我都在趕忙收拾當成置物間的二樓房間，擺好沒在用的舊書桌，多出來的棉被收進衣櫥裡，整理成能讓人住進去。

我從不曾見過那個人，連名字也不記得。說到底我跟稱為親戚的這些人，至今基本上不曾有所交流。只有念小學的時候，有一次被帶去參加素未謀面的姨婆葬禮罷了。

今天從一大早就不斷下雨。梅雨時節灰濛濛的天空，窗戶的玻璃上有無數水滴，空氣也帶著些許悶臭味。行走在車站裡的人們的濕雨傘和鞋，弄得磁磚地板濕答答的。

就在我眺望人們忙著進進出出的傍晚時分車站之際，電子告示板的時間終於顯示出四點十五分。告知電車進站的廣播連在剪票口外都聽得見，電車停車的金屬聲響徹四周。接著突然間，我口袋裡的手機發出震動，不認識的號碼顯示在螢幕上。但是照時間點來看，毫無疑問是她打來的。大概是媽媽告訴了她我的號碼吧。

我嚇了一跳，感覺差點無法呼吸，但也不能不予理會。我緩緩吐了口氣，按下通話鍵貼近耳際。

「喂？」

從電話揚聲器中，傳出混雜著眾多腳步聲和車站內廣播等各式各樣的聲音。隨後一如所料，一道溫柔的女孩子聲音說出了她的名字。

『我是和泉，剛剛到了。呃，請問你現在在哪裡呢？』

被這麼一問，我慌張地環視四周。只見好幾個上班族跟身穿制服的高中生迅速從我面前橫越過去。

「——我在售票機對面的柱子那裡，穿著牛仔褲還有灰色襯衫。」

『我知道了。讓你久等了，真是抱歉。』

在說完「那我就先掛了」這句話後，電話就掛了。響起一聲電子聲，我把智慧型手機移開耳邊收進口袋裡。

視線一往上抬，就看見剛剛那輛電車的乘客們從剪票口魚貫而入。當然，我不會知道哪個人就是接下來要跟我一起生活的和泉里奈，但不知怎的我依然注視著那些人潮。

隨後我跟剛從剪票口出來，揹著咖啡色小後背包、拖著紅色行李箱的黑髮女孩目光相交。

在目光交會的那一瞬間她露出了開朗的表情，跟著用眼神打了個招呼，直直向我走來。那副模樣讓我有種「就是這個人」的直覺。

她留著一頭長至鎖骨的中長髮，上方耳廓若隱若現。揚起微笑弧度的雙頰和眼神相當柔和，身穿白色罩衫配上一件淡米色開襟衫，再加上深藍色長裙，和這般沉穩的服裝互相配合，給人的第一印象是個很穩重的女孩。

她在我面前微微點了一下頭，似在試探那般開口問道：「你是坂本健一吧？」

「是的。」

我應聲後她便顯露出笑意，用很容易親近的感覺開始說話。

「不好意思，讓你專程跑車站一趟。今後請多多關照。」

我不禁顯露出怕生的個性，只得含糊地回了一聲「妳好」。從我自媽媽那邊聽說搬家的事以後，光憑著「和泉里奈」這名字的讀音一直想像的人實際出現在眼前，總覺得有種不可思議的感覺。

我的眼睛望向位於剪票口的時鐘說道：「快到公車要開的時間了。」接著身體朝向車站出口走去。和泉點點頭，在率先邁出步伐的我後頭幾步，拖著行李箱跟了上來。

下了手扶梯，來到了車站的圓環，公車已經在停車場裡打開車門等待乘客。從厚厚烏雲中不斷落下的雨水，讓城市顯得陰暗又潮濕。比起室內，室外的雨聲聽來更是大聲。

到公車站為止有大約五十公尺的距離沒有屋頂。和泉輕喊一聲「嘿咻」，隨後在車站出入口的水泥屋頂下，卸下後背包一邊的肩帶把背包轉到身體前方，從裡面拿出了紅色的折疊傘。

我也打開單手握著的皺巴巴塑膠傘，隨後兩人一同舉步前往公車站。周遭只有雨水打在傘上的聲響，以及和泉的包鞋踏在紅磚人行道上的腳步聲作響。下著雨的昏暗傍晚，在車站前行走的人都同樣沉默寡言，簡直就像是影子在走路。

公車座位空著好幾個雙人座。我走向其中的一個，並且對腳步急促跟在後頭的和泉，用眼神示意她到裡頭的位子去。或許是發覺到我的暗示，她輕輕點了一下頭，抬起彷彿很重的行李箱，一小步一小步地搬著走上階梯。然後她坐進座位，將後背包放在大腿上。

「……雨一直下不停呢。明明氣象預報說傍晚就會停。」

我在和泉身旁坐定後，她開口說道。

「就是說呀。」我也回應了她。和泉仰望著隔著水珠的窗戶另一頭的天空。也許是因為車內的空氣有些暖和，窗戶內側起了薄薄的霧。

我們並排坐在手肘甚至會互碰的空間，她身上淡淡的甜甜香氣，混在公車裡感覺充滿灰塵的空氣中傳了過來。那是她自身的香味，又或者是體香劑還什麼的嗎？

她把雙手穩穩放在大腿上坐好，左手手腕上戴著一支小小的手錶。她擁有的東西看起來比起一般高中生還要高級一些。據說和泉讀的是國高中直升的知名私立女校。從剛才開始，她身上就散發出一股教養很好的氣質，這讓讀普通高中的我覺得有點無地自容。

不久後引擎發動，車體劇烈晃動，廣播用平淡的聲音陸續告知會停車的地點。此時和泉突然看向我這邊詢問：「接下來多久會到？」

「——大概二十分鐘吧。」

「這樣啊。」

三言兩語就結束了對話，沉默降臨在我們身上。與此同時公車關上了門，開始在下雨的街道上行駛。

和泉臉上帶著笑容，似乎還在找尋對話的切入點，臉向著我好一會兒，我感覺像有人在催促，於是尋找有什麼能延續下去的話題，但我卻想不到。隨著沉默的時間一長，我深深感受到從她怡人的笑容底下透出一股尷尬的氛圍，讓我覺得很內疚。

這女孩果然在緊張。仔細想想也理所當然。雖說是親戚家，但畢竟要跟素未謀面的人今後一起生活好一段時間。離開父母身邊想必也會不安吧。

「呃……」和泉掛著像要流出冷汗的笑容出聲。

「從公車站到你家要多久呢？」

「……大概五分鐘。」

「喔，這樣啊……」

又是只有一瞬間對話就中斷了，和泉低下了頭。那種不安的模樣，讓我心急地動腦思考，接著把總算想到的無聊問題丟了出去。

「妳有參加什麼社團嗎？」

耳聞我混雜在公車引擎聲裡的低音，她抬起了頭，接著露出開朗的神情道：

「我有參加羽毛球社，一週兩三次。就是稍微有點運動到的感覺，不是那種精力旺盛的社團就是了——那坂本你呢？」

「我有在踢足球。」

當我回答以後，她便有些情緒高漲地說了聲：「這樣啊。」

「我喜歡看足球，雖然不是很懂規則。要說選手的話，本田（註：指日本職業足球選手本田圭佑）他們我還算知道——你從什麼時候開始踢的？」

「從念小學的時候開始。」

「好厲害。那踢了挺久的呢。」

她或許因此多少抓到了對話的節奏吧，她問了我好幾個問題，還有聊起自己學校的事。儘管我仍然覺得難以交談，但唯獨盡量不要表現出拒絕對話的態度，繼續順口附和她。

就這樣反覆進行著像在測量彼此距離感的對話之際，接近了離家最近的公車站。

「在下一站下車。」

當我這麼說完，她便應了聲「嗯」，跟著確實按下標有「下車」的按鈕。

公車的速度減緩，而後停車。我先站起來走上通道，在前車門附近回頭望向拿大型行李的和泉。

「行李我來拿吧。」

階梯很狹窄，因為下雨潮濕容易滑倒。我想她提著沉重的行李箱下階梯會很危險，於是伸出了手。既然我不太會說話，就得用行動彌補，不然真的會讓她覺得我只是個態度差勁的傢伙。

「啊……嗯，謝謝你。」

和泉一瞬間露出了像要推辭的神情，但隨後又面泛笑容，把行李箱的手把交給了我。裡頭不知道裝了什麼，抬起來相當重。為了不讓行李箱撞上狹窄的車門，意外地很費勁，我的提議是正確的。

我先下車打開了塑膠傘，接著下車的和泉也打開紅色折疊傘說了聲「謝謝」，接過了行李箱。

雨勢仍舊很有梅雨的風格，就那樣靜靜地、毫不停歇地下著。公車趁著車流有所間隔時開走了。

「之後只要直直走就行了。」

「嗯。」

和泉點點頭，保持雨傘不會相撞的距離在我身旁向前走。這次則是奇妙的距離感跟雨聲替我們填補了沉默。

遭到梅雨雨水淋濕的道路上，四處都是大水窪。雨不斷地傾瀉而下在水窪中，製造出許多漣漪。

我側眼看過去的和泉的身高，比我還要矮上一個頭。似乎很柔軟的髮絲吸附了濕氣，看上去濕潤又沉重。

☆　☆　☆

「就是這裡。」

我停下腳步，站在小學時搬來，平凡無奇、與周遭並排的房子幾乎同款設計的兩層樓自家前簡短開口。

和泉在我身旁，仰望她今後要住下來的我家。

我打開與我胸部同高的外門，催促和泉入內。她輕輕點了點頭，雙腳踏進我家的腹地內。

在外門跟玄關之間的小庭院裡，媽媽所種的繡球花跟玫瑰正綻放著。那些鮮花綠葉，像是彈開了雨珠般濕淋淋的。

我從口袋掏出鑰匙開門。在落下的雨聲之中，開鎖響起的喀嚓聲有種莫名的重量。

打開門進入房內。也許是因為剛剛走在似有梅雨悶臭味的空氣之中，我感受到了一股平時幾乎沒感覺到的家的氣味。脫掉鞋子按下位於橫框（註：在日式住宅的玄關中，從外面到屋內高低差梯階的橫板）的開關，玄關便亮了起來。

「打、打擾了……」

和泉說完之後，跟在我後面進了玄關。緊接著她雙唇微張「啊」了一聲。

「抱歉，帶了這麼多行李來……」

和泉視線的前方，是玄關旁邊堆的好幾個瓦楞紙箱。是昨天快遞送來的和泉的行李。我想著她明明不用為這種事道歉，同時回答：「不，又沒什麼關係。」

接著，她脫下鞋子整整齊齊排好。

我說完「稍等一下」以後，走向玄關附近的浴室拿起大條毛巾，還有打掃用的抹布。

「這給妳用。」

「啊，嗯。謝謝你。」

和泉接過那些，輕輕擦拭自己剛拿傘的手還有髮絲，然後再用抹布擦拭行李箱底。

「妳的房間在二樓。」

我把用過的毛巾丟進洗衣籃裡，而後面向玄關爬上樓梯。和泉也拿著隨身行李跟了上來。上到二樓以後，在短短的走廊上有三道並列的門。

最右邊的是我房間，隔壁則是現在已經離家的哥哥房間。在那左邊則是和泉今後要使用的空房間。

一打開門她便戰戰兢兢地注視內部。

原本空空如也，在整理過後成了個總之將哥哥以前用過的舊書桌和衣櫃擺入的無趣房間。

「聽說可以讓妳隨意布置。」

我講了媽媽說過的話。和泉走了進去，轉了一圈環視房間。木質地板、附有半透明塑膠燈罩的電燈、在窗邊綁起來的紅色窗簾……

「把玄關的行李搬進房間吧。」

我從審視房間的和泉背後向她搭話。總而言之只要把堆在玄關的那八個瓦楞紙箱搬進來，今天賦予給我的任務就結束了。

聽見我的聲音，她回了一聲「嗯」，把後背包跟行李箱放在牆邊跟著我後頭走。

我們下到一樓，兩個人一起把瓦楞紙箱一個個搬進和泉房裡。瓦楞紙箱上用油性筆寫著「書籍」或「洋裝」之類的，其中有一箱寫著「內衣褲」莫名輕巧的東西。當我察覺到那個標示的時候，心臟猛然跳了一下。

我不知不覺抬起了頭，瞧向拿著另一邊的和泉。她略略低下了頭。因為很尷尬，我的額頭上也冒出了冷汗，想著事到如今把手放開會顯得很刻意，於是我裝作完全沒察覺到。我就這樣用跟和泉面對面的狀態上樓，宛如什麼事都沒發生一樣，將箱子放在房間裡。

花上大概十分鐘左右把瓦楞紙箱全數搬運完畢以後，我們兩人重重喘了口氣。

我向和泉詢問：「全部就是這些了吧。」

「嗯，謝謝你。」

和泉做出撥開觸及眼睛的瀏海般的動作，微微低下頭致意。

總之這下子搬家工作就結束了。今後半年期間，她就要開始在這個房間度過每一天。那樣一想便有種明明是自己家，不知怎的卻有種無法冷靜下來的感覺。

「……那我要回房間了……」

「喔，好……」

在我試圖轉身之際，傳來玄關打開的聲響，接著還出現塑膠袋的沙沙聲。

「健一～？你已經回來了嗎？」樓下響起媽媽的話聲。

我看向和泉說：「我媽好像回來了。」她輕輕點頭。

依常理而言，我心想勢必得帶和泉下樓吧，於是就一起走下樓梯。

客餐廳的門開著。放置了三人座咖啡色沙發、木頭長桌和液晶電視的客廳，與結合廚房的餐廳串連在一起。系統廚房前有四人用的桌子，套著一件奶油色開襟衫的媽媽站在旁邊。

「我去接她了。」我站在媽媽的背後向她搭話。

「辛苦你了。」媽媽回過頭對我說。

其實原本是預定由媽媽開車去接和泉，但是昨晚附近鄰居緊急請她代理居委會的工作，便由我代為前往車站迎接和泉。現在擺在桌子上的購物袋就我所見，大概是事情忙完以後去購物了吧。

「伯母您好，從今天起就請您多多關照了。」

和泉從我的身後走出來，恭敬地打招呼。

「歡迎妳，里奈。下雨天坐車過來很累了吧。」

「不，我沒問題。」

和泉搖搖頭露出親切的笑容道。

「抱歉啊，我突然有事要忙沒辦法去接妳——這傢伙是個很冷淡的小子對吧？」

媽媽從購物袋裡拿出盒裝牛奶塞進冰箱裡，同時望向我苦笑道。據說媽媽已經見過和泉好幾次了。

「不會，他幫我搬行李。幫了我大忙。」

「是嗎？那就好——健一即使態度冷淡，也並不是在生氣。他非常不擅言辭呢。所以就算他態度差也別放在心上喔。」

和泉笑瞇瞇地聽著媽媽的話。媽媽生性善於交際，和泉也比起面對我那時，兩人相處得融洽多了。

「那個，我要回房了。」

言畢我便走向自己房間。同樣都是女性，我想和泉也會覺得跟媽媽兩個人講話比較輕鬆吧。

「這樣啊，辛苦你了。」

走出客廳的那一刻，媽媽對我這麼說，和泉則是微微頷首。

家裡一直響起打在屋頂上的雨聲，以及和泉和媽媽之間感覺很熱烈的對話。我上樓後走在二樓的短短走廊上——只有一次，看了看門仍然敞開的和泉的房間。

在空蕩蕩的深咖啡色木質地板上，排放著剛才搬來的瓦楞紙箱，她帶來的咖啡色後背包和紅色行李箱橫放在角落。

☆　☆　☆

我橫躺在床上，在昏暗的雨天中讀看到一半的書。這個季節即使接近下午六點，外頭也還很亮。就算是像今天這種烏雲籠罩的日子，只要拉開窗簾，也會有朦朧的亮光。

回房經過大約三十分鐘時，「叩叩」有人輕輕敲了門。

我把書籤夾進文庫本裡爬了起來，媽媽有事找我時不會敲門，而是會很大聲地呼喚我，因此這種敲木頭的聲響令人覺得有點新穎。

「什麼事？」

我對著門那邊開口，接著便聽見和泉的聲音說：「伯母說要吃晚飯了，快下來。」

「我知道了。現在就去。」

我起身開門，然後跟來叫我的和泉一起下樓走進客廳。桌上擺著媽媽買來的菜餚。菜色相較以往豪華許多。媽媽是愛熱鬧的性格，大概因為和泉要來，卯足全力做了準備吧。

和泉跟媽媽像面對面那樣坐在能容納四人的桌前，我則坐在媽媽旁邊。電視上正在播出晚間新聞。外表清爽、用髮蠟之類的稍微抓高頭髮的男主播播報新聞的聲音，被媽媽跟和泉的談話聲抵銷幾乎聽不見。

「朋子還真是突然呢，居然說要去巴西。她老是那樣子呢。當學生的時候也是，所有朋友都被她耍得團團轉，很辛苦呢。」

「因為媽媽是熱愛工作的人。」

「就算那樣講，普通人會留下念高中的孩子，跑到地球的另一頭去嗎？」

「聽說那是非常大的一筆生意機會。」

「是新的咖啡豆吧。進口那種東西，真的會大賺一筆嗎？」

「媽媽的直覺好像覺得那會很好賺。」

兩人你一言我一語，聊著這些對話。

果然因為是親戚又是死黨的女兒吧，媽媽跟和泉似乎很合得來。不論是和泉父母的事還是學校的事，用餐期間兩人一直聊得很起勁。

我在那兩人旁邊，將她們的對話左耳進右耳出當成耳邊風，默默地吃著飯。

約莫花上十分鐘吃完飯，我把麥茶倒進杯子裡喝時，感覺到口袋裡頭在震動。一拿出智慧型手機，就跑出社群軟體的來信畫面。是哥哥傳來的。

『那女孩已經搬好家了吧？來我家一下講給我聽啦。』

儘管我對著一如往常，用無法想像是文組研究生的粗魯日語所寫的訊息心中暗道「你自己來家裡不就好了」，仍舊迅速地回了句「知道了，我晚點過去」。

「我吃飽了。」

我從椅子上站起，用水沖洗自己的餐具。想著等會兒拿個錢包就出門吧，並為了回到房裡打算離開客廳。接著——

「健一，你要去哪裡？」媽媽開口問我。

我停下腳步回答：

「阿隆那裡。他叫我過去。」

「應該不是奇怪的事情吧。」

媽媽擺出充滿戒心的神情說。

「不是那樣啦，只是叫我過去玩一下。應該是因為他很閒吧？」

言畢，媽媽「唉」了一聲故意嘆氣道。

「幫我跟隆一說，我已經認同他去讀研究所的事了，偶爾也回家一下。」

「知道了。」

和泉用目瞪口呆的神情聽著我們的談話。隨後可能是察覺到我要出門，「健一。」她開口叫住了我。

「幹嘛？」我自然地做出反應，接著頓了一下，發覺到不對勁的地方。

——健一？

當被叫了名字的我感到不知所措之際——

「啊，呃，因為伯母也在，叫坂本總覺得怪怪的。」

和泉說了像是藉口的話。「嗯，確實是這樣啦。」我支吾其詞地附和。

「今天謝謝你，幫了我很多忙。」

和泉坐在椅子上，像要對折上半身那般對我行禮道。雖說是親戚，但被幾乎是初次見面的女孩子直呼其名，與其說是害臊，總覺得有種莫名心神不寧的感覺。

「不，沒什麼，反正我今天已經沒有要做的事了……」

聽我那樣說，和泉便輕輕點頭回應。她依然閉著雙唇，微微揚起柔軟的雙頰露出笑容。

☆　☆　☆

雨不知何時停了。儘管雲朵仍舊覆滿整個天空，但縫隙已經隨處可見，從那之中還能望見一部分的白色月亮。

陰暗潮濕的柏油路，簡直就像撒了玻璃粉那般反射出路燈的點點亮光。這個住宅區沒什麼車子會經過，晚上十分寂靜。

從這裡到同一個城市裡哥哥所住的公寓的距離，大概騎腳踏車十五分鐘會到。

哥哥是人文學系的研究生，大學三年級的時候開始半工半讀一個人住。因為大學在東京，原本應該住在那附近比較好，不過基於租金以及據說這種平凡的感覺讓他心安等理由，他便在這東

京近郊的城市租了房子。

哥哥所住的橫向長方形兩層樓公寓，位於沒什麼路燈，在這個城市也是人煙特別稀少的地區。在建築物前方，還有個鋪了碎石的小停車場，空房的信箱裡塞了大量廣告單。裝在建築物上的電燈跟漆成白色的牆壁都已泛黃，金屬的部分也浮現紅褐色的鏽斑，實在談不上整潔。

我下了腳踏車，停在有碎石的停車場一角，站在一樓最左側的哥哥房前。印有「坂本」的膠帶，貼在門旁有好幾道類似磨損痕跡的鋁製門牌上。

我按下對講機後，能聽見在隔音不好的門的另一頭，有人在行動的聲響。

「唷~我等你很久了。」

門一開，只見把略長的頭髮染成深咖啡色，身穿深色牛仔褲及胸口敞開的窄版七分袖襯衫的哥哥，臉上帶著輕佻的笑意現身。

與破破爛爛的外觀，以及這個房客的輕浮性格大不相同，哥哥的房間裡收拾得整整齊齊，家具也清一色是黑色或咖啡色，而且大大的書架上還塞著大量書籍，自然而然地融入簡樸的室內設計中，散發出知性的印象。

「要是在意和泉的事，你自己過來不就好了。」

我坐在哥哥房間的沙發上，說出剛才所想的事。在一臥一飯廳一廚房的狹窄房間裡，能讓人安穩坐好的地方，只有這個沙發和哥哥的書桌椅。書桌上有筆記型電腦，好幾本往上疊的書和列印出來的資料與論文等A4紙張整齊地擺著。

哥哥坐在書桌椅上，對著我轉了一圈椅子蹺起二郎腿。

「本人跟媽媽在場，有些話不便開口對吧——所以說你對那個叫里奈的女孩有什麼感想？」

他面露極為輕浮的笑容問我。

這個人從以前就超級受歡迎，而且不僅僅是受歡迎，他還是會自己積極出擊的那種人，據說至今也曾經和幾個搭訕過的人交往。高得驚人的社交能力，實在無法想像我們同為兄弟。我想關於那方面的天分，大概全都讓哥哥拿走了吧。還有頭腦聰明的程度也是。有像他那麼優秀的人當哥哥，我究竟算是什麼東西啊——我時常會有這種想法。

「是個普通女孩喔。」

我如實地簡短回答。

「普通指的就是可愛嗎？」

「啥？」

我感到疑惑地歪了歪頭，我不記得自己有講過那種話。

「所謂印象普通，基本上就是印象很不錯喔。」

哥哥的話讓我頭歪的角度更加傾斜，腦中浮現才剛記住的和泉的臉蛋。雖然談不上可愛得無與倫比，但她的動作跟服裝都很有女人味，態度也很和善。確實沒什麼不可愛的地方。

「健一，你知道帥哥美女的外貌有什麼特色嗎？」

哥哥用要談論趣事的那種感覺開始說話。

「——眼睛很大或臉蛋很小之類的？」

當我這樣回答，哥哥便搖頭說「不對」。

「就是沒有特色啊。據說專業術語把這叫做臉部的『平均性』喔。人類的臉，越接近其所屬集團的平均，就會越常被評為有魅力。」

「……所以說？」

「既然你說她很普通，那很有可能就是你在無意間對她印象很好喔。」

「……總覺得你是在講歪理耶。」

我一說完，哥哥或許也是打算開玩笑吧，他發出乾笑聲說：

「那是我最近看過的書上頭寫的喔。我這一陣子在想，如果聯繫上最近的角色論，感覺或許能寫出有趣的評論。跟『一個模子印出來的角色』之類的似乎也能有關聯，你怎麼看？」

「那種事我怎麼知道啊。」

話題馬上就扯到學術方面去，我想他骨子裡果然還是很認真。對話中斷以後，哥哥彷彿想起了什麼似的從椅子上起身，前往位於玄關附近相當狹小的廚房。

「你要喝點什麼嗎？」

在我應了聲「嗯」以後，他便拿著裝了可樂的兩個玻璃杯回來，把其中一個遞給了我。我說了句謝謝，隨後接過喝了一口。

「哎呀，總之既然印象不差，那就好了嘛。因為是你，光是同齡的女孩，我想似乎就已經夠你累了。」

「還好吧。比起我，她換了環境應該很辛苦吧。離學校好像也變得很遠。」

「她上哪裡？」

「富岡女中。」

「哦～上的學校挺好的嘛。我們研究會上也有之前念那間的女生耶——不過確實沒錯，從這裡去的話是遠了點。大學的話還好說，高中每天都是一大早開始上課，應該會很辛苦吧。」

「就是說啊。」我點了點頭。

在那之後我們閒話家常了一會兒，接著哥哥把玻璃杯放在書桌上，用手啪地拍了一下雙膝。

「健一。」他用很鄭重的樣子說。

「幹嘛？」我抬起頭，倏然陷入沉默之中，還能聽見手上所拿的玻璃杯中可樂的碳酸在冒泡的聲響。

「姑且還是提醒你一下，絕對不能對她出手喔。如果你有意思的話，我可以介紹其他可愛的女孩給你，雖然年紀比你大。」

我心想果然來這套啊。

我一直盯著哥哥看，他露出了似乎非常認真的表情。

「我才不會做那種事。我又不是阿隆你。」

「喂，你那是什麼意思。」話剛說完，哥哥也笑容滿面，用像在開玩笑的調侃語氣說。

從剛才鄭重的樣子看來，他叫我出來與其說是想聽和泉的事，應該更想對我說這件事吧。

「不過呢，就算跟這種事沒關係，你要是住不下去，隨時都可以來投靠我喔。」

「嗯，我知道。」

跟著對話告一段落。我瞥了一眼牆上的時鐘，已經要超過十點了，趁著偶然出現的對話空檔，我塞進媽媽交代的話。

「——話說，媽媽說她已經准你升學了，叫你偶爾也要露個面。」

哥哥抬起仍殘留著剛剛的微笑的臉望向我。

「嗯，我也想見見那個親戚的小孩，過一陣子我就會露面啦。」

去年念大學四年級的哥哥，告訴家裡升學計畫之後遭到媽媽反對，有一次吵得很凶。做事精明，雖然很輕浮但是待人親切的哥哥真的生氣，讓那時候的我非常吃驚。但我想那樣也代表他對自己的前途有著什麼堅定的信念吧。看上去像在玩，但從大學生時代開始的打工，似乎就是為了升學做準備而存錢，而且據說他還拿到了以研究生為對象，不用還錢也行的獎學金，經濟方面也沒問題。

打從那次吵架之後雖過了一年，哥哥心中可能還是對媽媽有疙瘩吧。原本他開始一個人住之後仍會經常回家玩，但是自從那天過後，哥哥回家的頻率便急遽下降。

「你還在氣那時候遭到反對的事嗎？」

我下定決心試著一問。

「不，沒那回事喔。我知道媽媽反對是為了我好——只要想到老爸的事，那是理所當然的……只是不知怎的覺得很羞恥。」

哥哥雲淡風輕地面露淺笑回答。既然他都那樣說了，我也無法繼續再追問些什麼。我說了聲「這樣啊」，然後喝光所剩不多的可樂，從沙發上站了起來。

「我差不多要回去了。」

「喔。」哥哥也點了點頭站起來。

「幫我向她們兩人問好。」

「嗯。收到。」

我在昏暗的玄關穿上鞋子，打開沉重又不牢靠的公寓大門走到外頭。

一下子就聞到雨後的潮濕氣味，鋪著碎石的停車場到處可見泥濘的水窪。

進入可說是深夜時分的住宅區，又顯得更加寧靜。能聽見哪裡傳來夏天最初的，彷彿是有翅昆蟲乘風飛行的微弱聲響。

☆ ☆ ☆

我把腳踏車停在前庭打開了自家的門，說了聲「我回來了」，跟著把腳踏車的鑰匙丟進玄關的鑰匙箱裡。

明天上午有社團活動，所以還是早點睡吧，我一邊漫無目的地思考著這種事，一邊脫下鞋子，然後聽見開門的喀嚓聲。

我視線一向上抬，就看見和泉穿著薄T恤，搭上一件像是只包覆到屁股周遭的短褲，從脫衣間的門走了出來。

我們四目相交。她好似受到驚嚇的兔子用圓滾滾的雙眼望著我，停下了動作。

「啊，歡、歡迎回來。」

語氣十分僵硬，有如出現在許久以前漫畫的那種破爛機器人一樣不自然。

「我、我回來了……」

我跟和泉彼此僵了幾秒。她的肌膚富有光澤，頭髮半乾還在隱約冒著熱氣。也許是因為只穿一件T恤，胸口一帶的隆起看起來莫名生動。衣服領口有些鬆垮，能夠窺見鎖骨周遭的雪白肌膚。

「那、那、那那那個——」

她慌亂不已，語無倫次地說。

「呃，伯母叫我先去洗澡……那個，洗、洗起來很舒服……」

「是、是喔。那真是太好了……」

沉默降臨。

我們彼此透出相當尷尬的氣氛，就在我對現場的氛圍感到焦急，不知如何是好之時——

「健一～你回來了嗎～？」

媽媽的聲音從客廳傳來，讓慌張的我恢復了理智。

「我回來了！我現在要回房！」

「妳請自便！」我留下這句話給和泉，隨後便咚咚咚地爬上樓梯，進入房間反手關上門大口喘氣……說什麼「請自便」，我是旅館工作人員嗎？

我慢吞吞地走到床邊坐了下來。

房裡很安靜，連自己的心跳聲都聽得到。雖然只有一點點，但心跳的速度變快了。

如果只是內衣，我大概還不會這麼在意。就算在學校，像是夏季之類的情況，很多女孩的內衣也會透出來，還有像新體操社或游泳社之類的，也會看見衣裝裸露度很高的女孩子們。況且打開網路就會出現多到像要滿出來的色情圖片，在現代那樣子的刺激根本算不上什麼。

但是那種生動感不得了，應該說我是第一次在那麼近的距離，看到剛洗好澡的女孩子。

——肯定會動搖吧，我內心暗想。儘管想要裝作不在意，但我的腦海中朦朧浮現出剛剛和泉的身影。

至今我對於多了個同居人——而且還是同年的女生——沒什麼實感，但透過方才目睹毫無防備的和泉的模樣，這件事成為現實浮現於我腦中。

☆　☆　☆

隔天的天空仍然覆滿梅雨的烏雲。

前一天下了一整天的雨，直到上午都還沒乾，吸了水的操場泥土仍然一片黑壓壓。

昨天晚上我沒怎麼睡，即使關上電燈閉上眼睛，只要想到和泉就睡在附近，不知怎的就無法冷靜下來，深夜家中的寂靜格外令人在意，夜半時分的黑暗之中，總覺得隔個幾層牆壁就在同一樓的和泉的氣息似乎傳了過來。

睡眠不足再加上雨後腳邊很潮濕，今天的社團活動比起平常更難受。

休息時間我用袖子擦汗，獨自一人有氣無力地走向置物處，身後有人輕輕撞了我一下。

我身體前傾，一往後看，發現經理森由梨子站在那裡，微捲的髮絲綁成馬尾，穿著跟所有社員一樣的藍色短褲與足球襪，上頭再加一件白色短袖上衣。

「什麼嘛，是由梨子啊。妳幹什麼啊。」

「呵呵呵。」偷襲成功的由梨子露出刻意的笑容，配合我走路的速度，在我身後輕輕環起雙手說：「今天你比起平常還要沒勁呢。」

「才沒那種事呢。」

「就是有那種事。射門練習幾乎都沒到球門。就算地面濕濕的，那也未免太過分了。」

由梨子在我身旁邊走邊說。

「總覺得狀態不太好。因為睡眠不足。」

「哦～」

隨著接近中午，氣溫逐漸升高，潮濕的操場也變得悶熱。腳邊滾來一顆足球，我吐出一口氣注意姿勢，打算踢進二十公尺外的球門。瞄準球門上方的球劃出平緩的拋物線落下，接著直接撞上球框，在操場上響起類似破裂聲的聲響。

見到被球門討厭的射門，我輕輕砸嘴嘀咕了一下，由梨子便說著「感覺你今天完全進不了球呢」並竊笑起來，然後帶著戲謔的神情說：

「你似乎有煩惱？」

注視我臉龐的那張臉，跟和泉洗好澡慌張的臉互相重疊，令我心臟猛然跳了一下。

「——妳為什麼會那樣想？」

我裝作鎮靜如此回答，然而由梨子卻面露疑惑神色說：

「哎呀，畢竟你都說了睡眠不足。一般都會想說是有什麼心事嘛。」

「……………並沒有。」

我稍微想了想要不要說親戚的小孩搬過來的事，結果蹦出了這句話。由梨子應該察覺到什麼了吧，她把臉朝向我。

「那停頓的期間是怎麼回事？總覺得很詭異。」

接著她又用戲弄的語氣如此開口。

我不擅長隱瞞事情。尤其由梨子不僅直覺特別好，還跟我認識很久。只要讓她抓到一點破綻，就會立刻看穿我在隱瞞的事情。

「說說看。大姊姊可以提供你諮詢。」

「我沒事。沒有任何問題。」

「此話當真～？」

她可能是覺得有趣吧，由梨子用半開玩笑又煩人的感覺繼續追問。隨後——

「森學姊～這個，我從社團教室裡拿來了～接下來要怎麼辦～？」

一年級的經理橘明香里，從球場旁的板凳拿著放有練習背心的袋子大喊道。橘也同樣穿著藍色的社團短褲，上衣穿著胸口繡有名字的運動服，及肩的長髮綁成兩撮馬尾。

「明香里，謝謝妳，先放在那邊～比賽前再發下去！」

IRISAWA
High school
club

由梨子下達指示後，橘便回答：「我知道了～！」

「沒辦法，現在就放過你。有煩惱是無所謂，但要小心別受傷了喔。」

由梨子留下這句話，跟著就用小跑步跑向橘所在的板凳那邊。

目送她的背影，我回到有其他社員們在的置物處，喝下裝在寶特瓶裡甜滋滋的運動飲料，並用毛巾擦汗。

在練習課表全數消化完畢後，所有人在操場整隊，當身為顧問的英語老師中田老師集合所有人講完解散的致詞，社團活動就結束了。

二十多個社員們一個接一個從操場離開。我也跟同班的長井隨意地一邊聊天一邊前往置物處。接著，走在稍遠處的由梨子朝我們這邊靠近。

「我說長井，健一有找你諮詢什麼事嗎？」

「咦？那什麼意思？」

長井愣愣地回答。

「健一他好像有什麼煩惱的事。在這個社團裡健一如果要找人商量，應該就只有你了，所以我想你可能會知道什麼。」

「妳那是什麼意思啊。」我說。

「因為在這個社團裡，沒有其他跟你要好的人了嘛。」由梨子板著臉回答。由梨子那句話讓長井面露苦笑。

「不，沒有那種事喔。」

「長井你真溫柔呢。那樣替有些社交障礙的這傢伙說話，對他並不好喔。」

說得實在太過火，「過分耶～」我和長井異口同聲道。

之後橘從旁邊介入，挽起由梨子的手，順帶也搶走現場對話的話鋒。

「學姊，今天晚點妳有空嗎？」

「嗯。有什麼事嗎？」

「哎呀～我想說好久沒跟妳喝茶了，啊，長井學長跟坂本學長也一起如何？要一起喝茶嗎？」

橘依舊挽著由梨子的手臂，忽地面向我們發問。

「不，不用了。」我搖搖頭。「我也不去。」長井也接著說。

在我們兩人一同拒絕後，「真是的～難得邀請你們耶～」橘刻意裝可愛地鼓起了雙頰。身為現實主義者的由梨子，用冷冷的眼神注視著橘有如動畫角色的撒嬌舉止。以前由梨子就將橘評為心機很重的女生。話雖如此，她們兩人的關係並不差。因為橘卯足全力在做經理的工作，所以由梨子很照顧她。橘似乎也很仰慕由梨子。

「好啊，我們就久違地順道去一趟入澤購物中心吧。」

由梨子把手咚地拍在橘肩膀上那樣回答，橘便「唔～」了聲地將鼓起的雙頰消下來，用開朗的聲音說了「太好了～」，高舉雙手非常高興。

後來我們回到位於升旗台附近的置物處，由梨子跟橘則回去教室。足球社員假日的社團活動會在外頭更衣，女孩子則在教室裡換衣服。

置物處飄散著裸著上半身的男生們噴在身體上的制汗噴霧的甜膩香味。我們也脫掉上衣，擦拭身體並換上制服。

我把運動用具全塞進社團用的白色運動提包裡揹在肩上，一面對長井和周遭的社員一聲聲說「辛苦了」致意，一面走到停車場，接著就像是撞個正著一般，由梨子和橘從鞋櫃區走出。她們兩人都是深藍色裙子搭罩衫，配上紫色蝴蝶結的夏季制服裝扮。由梨子穿短袖，橘則是把長袖捲到手肘處。

和我同樣騎腳踏車上學的由梨子走到了停車場。我們兩人在鐵皮屋頂的停車場下方打開腳踏車的鎖之後，由梨子便開口喚了聲「健一」。

「幹嘛？」

我視線向上抬，只見由梨子把有著貓咪鑰匙圈的鑰匙插進了腳踏車的鑰匙孔裡。跟著她忽然用倔強的眼神看著我說：

「既然你不想說，我也不會硬要問出來。要是有什麼煩惱就跟我商量喔。」

我同時感受到讓別人莫名顧慮的愧疚感，和現在當場說出跟和泉同居一事的麻煩，於是模稜兩可地搖了搖頭。

「真的沒事啦。我並不是有什麼困擾。」

「哦～」

由梨子腳踏車的鎖發出輕微聲響打開了。

「那就好——那明天學校見。」

「喔。」我應了一聲。

她把包包塞進前車籃裡，推著腳踏車，走向在校門跟鞋櫃區之間的柏油路上等待她的橘那裡。從長及大腿的裙子下露出了有些曬黑的雙腳、深藍色長襪與黑色學生皮鞋，在半濕的柏油路上邁步緩緩遠去。

☆　☆　☆

回到家以後我沖了個澡，和媽媽還有跟昨天一樣在拆行李的和泉一起吃了午餐，接著就在房內躺下。

也許是因為在泥濘的操場跑來跑去的關係，雙腳有點疲倦。大腿和小腿肚、腳底帶有熱度，讓我覺得床單跟毛巾毯很涼快。

在持續著梅雨天氣的一片昏暗之中，我因為疲勞開始打瞌睡，昏昏沉沉好一會兒之後，聽見房外傳來聲響。「健一～」隔了一陣子媽媽便隔著門呼喚了我。

「幹嘛？」我拖著很睏的身體從床上爬起來回應。

「我現在要去買東西，你也跟著一起去。」

「為什麼？」

「我們要去採買里奈的生活用品，但是可能會有很多要搬的東西。你來幫忙搬東西吧。我也可以買你愛吃的食物給你。」

「……我知道了，我去。我做點準備，等一下。」

換完衣服，我便帶上錢包和手機下到一樓。

一進入客廳，只見媽媽坐在沙發上，和泉坐在餐桌的椅子上。和泉一身紅色格紋短袖排釦襯衫，配上昨天也有穿的深藍色長裙，大腿上放著咖啡色皮製手拿包。

「終於來了。那我們走吧。」媽媽開口，和泉對我面露淺笑並輕輕點了下頭。

「抱歉，在你因為社團活動這麼累的時候。」

「不，我沒事。」

我也像是受和泉影響般，對她點了點頭這麼回答。

「那要去哪裡？」

我向肩上揹個包包的媽媽提問，隨後得到了「入澤購物中心」這個答案。

真的假的？——我如此暗想。一下子就驅散了午睡揮之不去的睏意。那裡是剛才由梨子跟橘說要去玩的地方。

「如果是那邊，商品都很齊全。」

「喔，這樣啊。」

我一邊敷衍回答，一邊望著掛在客廳牆壁上的時鐘。從社團活動結束後，經過大約三小時。

——大概已經回去了吧。

我懷著那種想法，就這樣跟媽媽與和泉出門並坐上車子。

大約十五分鐘左右，我們就到了從家具到食品一應俱全，三層樓高的大型購物中心。

我們首先來到位於二樓的家飾家具店。和泉似乎要先在這裡買枕頭和靠墊類。雖然是在來的路上對話才知道，但和泉的媽媽有當面交給她生活所需的費用，另外每個月也會給我媽她的生活費。

我手上的購物籃中已經放進了低反彈枕、紅白相間的格紋枕頭套、紅色毛巾毯還有貓形桌鐘。

和泉跟媽媽在店裡慢慢逛，就像朋友一樣感情融洽地觀看商品。我在她們後頭一步，拎著塑膠籃等待和泉她們選購商品。

六月中旬的店裡設有電風扇，周遭還播放著混合蟬叫聲與風鈴聲的環境音效。像是帶給人清涼感的毛巾毯等等，在夏日氣氛當中，到處展示著即將到來的夏季商品。

在陳列著顏色和形狀都五花八門的靠墊貨架上，煩惱好幾分鐘後，和泉選了紅色的圓形靠墊——和泉似乎非常喜歡紅色的東西——然後我們便離開了家飾家具店。

「好，健一，麻煩你了。」

媽媽如是說，接著在店前把塞進靠墊等等的塑膠袋交給了我。儘管體積龐大有點不好拿，不過畢竟是那類東西，並沒有那麼重。

「抱歉了，健一。」

和泉怯生生地向我道歉。

我回答她沒問題。

「我就是為了這個被叫來這裡的。」

「沒錯沒錯。妳不用介意喔。這也能讓健一訓練肌肉。」

媽媽出聲附和，和泉則是傷腦筋地笑了笑。

之後我們移動到賣食品跟生活用品的樓層，和泉把洗衣網和芳香劑放進自己拿的塑膠籃裡。我隨意跟在媽媽及和泉的後頭，提著一大堆東西跟著走，然而當她們感覺想走到生理用品區域的時候，我再怎麼樣還是感到很尷尬地停下了腳步。

「那個，我去把這個放進車裡。」我對走在前面的兩人說道，並向媽媽借了鑰匙，若無其事地離開現場。

儘管我希望她察覺，但是把鑰匙交給我的媽媽，對我突然提出的要求似乎很困惑。說不定她覺得沒什麼，可是我還是覺得跟她們兩人一起走進那裡太過尷尬。

離開賣場，我搭上往下的手扶梯，前往地下停車場。

因店內雜音而聽不到的背景音樂，到了比較安靜的地下停車場後，便能夠聽得很清楚。我慢慢走到車子那邊開鎖，把大大的購物袋放在後座。

沒有冷氣的地下停車場很悶熱，一滴汗珠順著脖子流了下來。

我重重吐了口氣，有許多電燈並排的地下室斷斷續續有車子通過，有父母在提醒差點衝出去的孩子。

我放好東西，接著給車子上鎖以後，再次回到店裡。待在地下室短暫的期間所流的汗水，在冷氣很強的室內使肌膚變得涼涼的。

一樓樓層也有美食街跟咖啡廳。用玻璃隔出的那塊區域，即使從我現在的所在地，也能某種程度上望見其中的模樣。

要是由梨子她們在這裡，大概會在這附近吧，於是我混在週日下午大量的採購人潮中，不動聲色地望向美食街的方向。

——看慣的制服身影隨即進入了視野。

意料之外，情理之中。

社團活動結束後已經過了三小時。究竟有什麼事能讓她們聊那麼久啊。由梨子跟橘並排坐在甜甜圈店的吧檯座位，在聊些什麼聊得很起勁。

橘手舞足蹈地對著由梨子不斷急忙開口，在橘身旁的由梨子用吸管在喝某種飲料的同時，擺出一副當成耳邊風的表情，偶爾輕輕晃動腦袋點點頭。

看到她們兩人的身影，當我愣愣地注視她們的時候，由梨子不經意地抬起頭望向我這邊。

我們正好對上眼。她的雙唇輕啟像是喊出了一聲「啊」，隨後微微舉起手。接著——

「健一，怎麼了嗎？」

背後突然有人向我搭話。我一轉過頭，只見站在那裡的是拿著購物袋的和泉和媽媽。

「啊，沒有，正好遇上熟人……」

我語無倫次地應答。

「是嗎？要去打招呼嗎？」

「不，不用了。我只是偶然看見——」

說著我瞥了一眼由梨子的方向。

由梨子一直盯著我們的方向看。媽媽認識由梨子，倘若在場的人只有我跟媽媽，她應該不會覺得不自然。然而——

——那個女孩是誰？

忽視在旁邊說話的橘，由梨子十分疑惑地凝視和泉，她的視線表達出那個意思。

「我說健一。」媽媽向我搭話。

我決定忽視由梨子對我的疑問，回了句：「幹嘛？」

「剛剛公司那邊的人打電話過來約說要不要一起吃晚飯。所以很不好意思，你可以跟里奈在這裡買晚餐，再搭計程車一起回去嗎？我會從這裡開車去那個人那邊。」

「喔，好，我知道了。」

我那樣回答，仍一直感受到在媽媽背後，距離我大約二十公尺左右的由梨子投來的視線。

「里奈，對不起啊。讓妳有種像突然被拋下的感覺，行李就由我拿回家吧。」

媽媽那樣說完以後，就接過和泉手上的東西，鞠躬低頭對她說了聲抱歉。

媽媽把晚餐錢跟計程車費交給我，步向前往地下停車場的電扶梯，和泉則向她道謝：「非常感謝伯母帶我過來。」媽媽笑瞇瞇地舉起單手回應她。

媽媽消失在人群中，隨後和泉一臉困惑地說了聲：「健一，我們走吧。」催促起止步不前的我。

「喔。」我點點頭，和她一起向前邁步。當我最後一次回頭瞄一眼，只見由梨子依然一臉狐疑地注視著我這邊。

第二章　嶄新的每一天

從和泉搬過來以後過了兩天，一週結束了。

設置在六點半的手機鬧鐘叫醒我後，我換上制服，在盥洗室梳好睡翹的頭髮，接著前往客廳，和泉跟媽媽已經在餐桌前面對面坐著吃早餐。和泉坐在媽媽對面、朝著門口的位子上，跟走進客廳的我隨即視線相對。

她穿著深藍色底帶紅色格紋的裙子、奶油色背心和紅色蝴蝶結組合而成的制服。

「早安。」和泉輕輕點頭，打了個招呼。

「早安。」

我忍住腦子深處一片昏沉的睡意回答後，媽媽也望向我。

「我跟里奈要先出門，之後就拜託健一你收拾了喔。」

「我知道了。」我頷首道。

現在的時間是快要七點。我通勤時間是騎自行車二十分鐘，只要八點出門的話，大概就能趕

上八點半的上課時間，但在東京上課的和泉，已經差不多到該出門的時間了吧。

「多謝款待。」和泉說完便將餐具放在流理台。她捲起長袖罩衫的袖子，拿起海綿讓水流出水龍頭。

「和泉，我會收拾的，沒關係啦。」

言畢便看見和泉用似乎很傷腦筋的表情對著我，支支吾吾地說：「咦，可是……」直到昨天她都還在幫忙洗碗之類的家事。

「有可能會搭不上電車，所以妳還是早點出門比較好喔。應該還要轉車什麼的……妳打從搬來以後，還是第一次去上學吧？」

和泉把手上的海綿，輕輕放回原位。

「既然你這麼說了……」

「就是說啊，里奈。妳可以不用客氣，儘管使喚這傢伙。」

和泉聽見媽媽這句話露出一抹苦笑，點頭稱是，接著把掛在椅子上的書包拿了起來。

「那我出門了。」

把包包揹在肩上，她踩著啪啪作響的拖鞋走向玄關。玄關傳來有人在穿鞋的氣息和大門開關的聲響之後，熱鬧的家中安靜了下來。

我拿起一個放在桌上包了保鮮膜的三明治。

「里奈剛剛還幫我做了早餐和便當喔……這些事情她沒有勉強自己就好了。」

媽媽望著放在桌上用布包起來的便當盒，像在自言自語般低聲道。我也多少感覺到和泉她應該還在處處顧慮吧。畢竟她也才搬來兩天不到。

「……大概過一陣子就會習慣了啦。」

「你也是，今後多幫忙做家事吧。你幫忙的話她的負擔也會減輕。」

「知道了啦。」我答道。

之後媽媽把咖啡喝光，說了聲「那我也去工作了」，隨後從位子上起身。

獨自一人待在早上的客廳裡，我一面觀看氣象預報，一面乾乾地吃著三明治。

☆　☆　☆

今天是在這幾天以來，相對有出太陽的日子。

覆蓋天空的雲是接近白色的灰色，從縫隙裡透出些許陽光。柏油路上的混凝土也差不多都乾了。

穿越我家所在的住宅區裡錯綜複雜的小路，在兩側有大型店家的寬廣國道旁的道路騎腳踏車直直騎上二十分鐘左右，就會看見我就讀的入澤高中。雖說是升學高中，然而只是間應屆畢業生有幾人考上知名大學或醫學系就算是成果斐然那樣的普通公立高中。包含我所屬的足球社在內，也沒有能稱為強隊的社團。

走過設有女性單手持球高舉到空中的莫名其妙青銅藝術品的校門，在旁邊種植櫻樹的柏油路上，我下了腳踏車，混進人群之中前進。我在設有組合屋屋頂的停車場停好腳踏車，前往鞋櫃區。

於鋪了木踏板的陰暗鞋櫃前換好鞋子，我爬上樓梯進入教室，坐在自己位於窗邊的位子。離班會開始還有十分鐘左右，到校的學生們接二連三進來，教室因為閒聊的談話聲好不熱鬧。

由於並非高材生群聚的學校，也不是成績差的學生聚集的學校，因此教室裡從把制服穿得很整齊的認真學生，到穿得很隨性、稍微有染頭髮的花俏傢伙等各式各樣的人都有。大致上會依裝扮的傾向分成幾個小團體。

男生有三個感情特別好的群組，但我沒有加入其中任何一個。同社團的長井跟我同班，所以空閒時我經常跟他在一塊。而到現在也沒出過什麼問題。

看到努力塑造形象，在網路上也經常聯繫、進行交流的那種人，無論在誠實或彆扭的層面上我都覺得很了不起。對我來說，為了參加領導權競爭而選擇要交流的朋友或群組，還有對此配合調整自己等，我都覺得自己不具備參加這些麻煩的教室社交遊戲的能力和幹勁。

入座之後不久，長井揹著運動提包來到學校。他坐在我斜前方的位子，「唷」的一聲向我輕聲打了招呼。我也低聲回應他。

之後班導師來到教室確認出席狀況，在十分鐘左右的班會過後，第一節課便開始了。

雖說是理所當然的事，但和泉搬過來，我的學校生活也不會有所變化。在同樣的班級裡，將重複無數次的時間表一如往常地按表操課。那早已習慣的日常時間，不知怎的讓我感到安心。由於我至今從未有過那種感受，我想果然是因為這兩天來多了個同居人而有點緊張也不一定。

而後上午四小時的課程結束，到了午休時間，教室的門附近忽然出現穿著短裙配短袖罩衫，留著一頭略帶捲度半長黑髮的女學生。

「健一，我說啊。」

那是在我收起念書用具，準備打開便當的時候，由梨子她走進教室靠近我。因為坐前面的男生跑到其他地方去了，於是她就坐在那個位子上，在我的課桌上用手拄臉。她手腕上套著在社團裡偶爾會用上的白色大腸圈。

「我啊，昨天下午在入澤購物中心看到你了耶。」

我輕輕嘆氣，心想果然是要說那件事。我拆開便當盒包裹的手停了下來。

「你是跟阿姨，另外還有個女孩子對吧？那女孩是誰？」

我思考了一會兒該怎麼回答她，但結果我只簡短答了句「是親戚的小孩」。由梨子仍舊一臉疑惑，瞇細雙眼繼續追問：

「是家裡出什麼事了嗎？」

「不，呃……」

果然到了緊要關頭就很難開口。但即使隱瞞，由梨子就住在附近，絕對遲早會露餡吧，如果一直隱瞞又被發現的話，到時可能會引起種種誤會。我想在這個時間點跟由梨子把話先說清楚應該比較好，於是細聲對她說：

「其實那個親戚的小孩，要在我家借住半年。」

「啥！」

由梨子瞇細的雙眼連同聲音一起變大，人站了起來，發出足以讓午休的喧囂人聲靜下來那麼大的聲音。

由梨子似乎察覺到匯聚的視線，整個人回過神，接著對四周面露苦笑地坐回了椅子上。

「可是她看起來跟我們年紀差不多，是表親之類的嗎？」

「不……媽媽她們好像是再從姊妹之類的。」

聽見回答，由梨子眉頭深鎖道：

「那不就已經是陌生人了嗎？」

「不是的，是親戚。」我對她那句話立刻做出回答。先前見到和泉衣著單薄的模樣似乎快要浮現在腦海中，我為了甩掉那畫面繼續解釋：

「媽媽她們是親戚，而且聽說是昔日好友。她叫和泉里奈，她媽媽因為工作不得不長期離家，所以就搬來我家了。其他的親戚都住在鄉下，在和泉上的高中通勤圈內的似乎只有我家，所以兩天前她就住到我家，只是那樣而已。」

「……哦——可是你們看起來感情很好。感覺她還跟阿姨相處得很融洽。」

「因為她好像見過我媽好幾次了。」

「那你呢？」

「兩天前第一次見面。」

由梨子死盯著我看，對我投以懷疑的眼神。真是莫名其妙。我又沒做什麼虧心事。

「即使是親戚，這樣沒問題嗎？」

「就算妳這麼說，那又不是我能決定的，也沒辦法啊。目前我跟和泉幾乎彼此互不干涉。頂多只有一起用餐而已。」

「是喔～」

她露出壞心的雙眼注視著我。

此時去福利社的長井回來了。他單手拿著盒裝果汁，另一手拿著麵包的袋子。

「咦，這不是森嗎？發生了什麼事啊？」

長井坐到我斜前方他自己位子上並對由梨子這麼說。由梨子也看向長井，開口說道：「喂，長井你聽我說。」

「給我等一下，妳別大肆張揚別人家的事情啊。」

我心急開口，由梨子旋即嘟起嘴說：

「什麼嘛。既然想要封口，果然還是有覺得違背良心的地方對吧。」

「我才沒有！」

「我不相信～」

長井瞠目結舌地看著我們之間的互動。

「雖然不是很懂，但你們的感情還是那麼好呢。」

他說著露出了苦笑。

由梨子發出「唔」的低吟。

「這種狀況再怎麼看，都不像感情好的樣子吧。」

「看上去就像是在打情罵俏。」

長井像在捉弄由梨子而那樣講。我向對此似乎有話想說的由梨子急忙再三叮嚀。

「喂，妳真的別說喔。我可不想因此有奇怪的流言。」

她的嘴扁成ㄟ字型，「唔——」地低吟了好一會兒，最後——

「算了，我就當抓住你一個新的把柄。真拿你沒轍耶——所以說當作封口費，下次要請我喝飲料喔。」她用不服氣的表情對我說道。儘管臉上一副解釋還不夠的神情，但就由梨子而言，似乎還算是懂得察言觀色。

「我知道了啦，可惡。」

「總覺得你們好像在講我不能聽到的事。」

言畢，長井就把椅子拉到我的課桌附近打開麵包包裝，將吸管插進盒裝果汁裡。

事情總算是告一段落，我也打開了便當盒。

裡頭放了冷凍食品的和風炸雞塊、煎蛋捲等等。菜色一如往常。

正要從椅子上站起來的由梨子看到便當後——

「啊，便當跟以往的有點不同。」

她冷不防這麼一說，害我嚇了一跳。

「啥？」

「總覺得和阿姨做的便當不太一樣。因為阿姨每次都會在飯上放海苔啊。」

這傢伙怎麼回事，一直在注意我的便當嗎？不過確實如此。仔細一看，和泉做給我的便當，儘管菜色大致上一樣，但是盛裝方式跟平常有點不同。

長井搞不懂對話的來龍去脈歪了歪頭，但或許是覺得事不關己，於是嚼起炒麵麵包，含住柳橙果汁的吸管。

由梨子輪流看著我跟便當盒，意味深長地說了聲：「哼——」

「幹嘛啦。」在我說完以後——

「沒什麼。」

說完她便轉身離開教室。

當看不見由梨子的身影以後，長井開口問我：

「所以發生什麼事了？你們吵架了嗎？」
「不，沒有啊。」
我想應該沒有。我的確是沒有條理分明地說明清楚，讓她覺得有點不高興，不過我想也不至於到吵架的地步。
「這樣啊——總覺得她心情不太好耶。」
「由梨子總是板著一張臉吧。」
「話是那樣說沒錯。可是森真的發火的話，社團活動的時候會連累到我們，拜託你了。她要是不好好發揮作用，練習的效率會下降。」
「喔。」雖然不知道到底是被拜託了什麼事，但我仍舊點了點頭。

☆　☆　☆

午後梅雨的烏雲出現縫隙，社團活動的下午時分，初夏的紅色夕陽照耀操場。塗著奶油色油漆的校舍染上一片紅，紅色夕陽和設置在校舍頂樓發出白光的燈，讓站在幽暗操場上的足球社與田徑社學生在泥土上拉出長長的影子。

在這天練習課表最後的紅白對抗賽結束以後，社員們隨即開始收拾。一年級的學生去整理操場，由附近的人把散落在操場周遭的球往板凳的方向踢。橘追著滾動的球用手撿起，將球咚地丟進置球籠裡。跟她一起在板凳旁的由梨子往球場走去，回收選手的練習背心。

我也脫下橘色的練習背心，拿到由梨子那邊去。

由梨子一看見我，就冷漠地看往其他方向，像用搶的一樣只奪走練習背心。我講了句「幹嘛啦」，由梨子就面無表情地回了句：「你指什麼？」

儘管一瞬間有點生氣，但我仍舊嘆了口氣道歉：「中午的事抱歉啦。」

之後在下午的上課期間，連我也覺得午休時的我實在很像是做了什麼可疑的事，像在找藉口或有事隱瞞那樣，用奇怪的方式跟由梨子應對。要是別人用那種態度對我說話，我確實也會覺得很怪吧。

「總覺得那件事我並不是有意要瞞妳。」

由梨子的視線回到我身上，一直盯著我的雙眼，然後浮現出「真拿你沒辦法」那般，帶著一絲啼笑皆非的苦笑。

「算了。你似乎也算挺老實地告訴我了。我並不覺得你做了什麼奇怪的事喔。我很明白你是不會做那種事的傢伙。」

「那什麼意思啊？」

「就是字面上的意思喔。」

由梨子仍舊掛著苦笑，一面整理蒐集來的練習背心，一面走在我的身旁。

「不過如果可以，我想跟她見一次面呢。我們是鄰居，或許會成為好朋友。」

「我明白了。有機會的話就介紹給妳。」

「嗯。那就麻煩你盡快了。」

由梨子用開朗的口氣說完以後，就拿著一大堆練習背心往器材置物處的方向走去。

過了七點解散以後，我和由梨子，還有騎自行車上學直到途中都同方向的足球社社員幾個人一起回家，在太陽已經徹底下山的晚上八點左右到達家裡。玄關依然上鎖，每個房間的燈都沒亮，所以應該還沒有任何人回到家吧。

我從包包裡拿出鑰匙，打開玄關進入一團漆黑的家裡。打開電燈開關，脫掉鞋子，走進自己房間準備更換的衣物，為了洗去汗水走向了浴室。

我稍微沖個澡，順道打掃一下浴室，換上一身短褲加T恤的打扮後，坐在自己房間的書桌前。

跟著我不經意拿起一直放在書桌上，哥哥有投稿評論的雜誌隨手翻閱。

這本匯集了時尚、電影和音樂報導，給有些自視甚高的年輕人看的雜誌，有電影和書籍的評論專欄，年輕的評論家或知識分子每週都會發表評論。哥哥每個月會在這裡寫一本新上市小說的書評。

決定在這本雜誌上刊登文章之際，哥哥曾經說過類似「我是仗著老爸的影響力」那樣的話。不過身為學生，能在雜誌上刊登這樣的文章，我覺得果然還是件很厲害的事吧。此外在這個專欄中，哥哥所寫的書評似乎是最受歡迎的，就算是身為弟弟的我也覺得讀起來很有趣。

我閱讀那本雜誌直到開始做晚餐的時間，接下來為了要去廚房我離開了房間。

正好在我開始下樓的時候，玄關門打開了。還看不習慣的奶油色背心制服，是和泉。她揹著長方形書包，在玄關脫掉咖啡色皮鞋。

和泉似乎察覺到下樓的我。

「啊，健一。我回來了。」她抬頭笑瞇瞇地往我的方向看並說道。

我也回了句：「歡迎回來。」我就這樣走進了客廳，和泉則穿上拖鞋上了樓。

☆☆☆

坂本家的責任分配是，平日的早餐和便當是媽媽，晚餐則由我來做。

我洗好米放進電子鍋裡，削掉馬鈴薯和紅蘿蔔的皮切成一口大小。而在那途中，換上了白底紅條紋寬鬆T恤，配上質地似乎很輕盈鬆軟的深藍色七分褲，一身家居服的和泉走到樓下來。

「你在做晚餐嗎？」她走到廚房來問我。

當我答了聲「嗯」之後，「如果你不嫌棄，我可以幫忙喔」和泉說著就用套在手腕的粉紅色髮圈開始紮馬尾。

她把頭髮往上提的時候，散發出柔和的氣味，我轉動身體想跟和泉拉開距離，將視線從她身上別開。

「——那妳可以把剩下的蔬菜跟肉切一切嗎？我要做的是咖哩跟沙拉。」

「我知道了。」和泉點點頭，她在流理台洗好手，便拿起菜刀開始切紅蘿蔔。我從架子上拿出烹調器具和調味料，為了炒肉而在深鍋裡下油。

兩人在狹窄的廚房裡排排站，手臂偶爾會碰到一起。每當那時我們兩人會暫停手上的工作，彼此空出空間來。

「阿姨她總是這麼晚回來嗎？」

和泉用熟練的樣子切著菜這麼詢問我。

「還滿分歧的，不過最常是十點左右吧。也有六點左右回來的時候就是了。」

「這樣啊。果然成為部長工作就會很忙呢——來，蔬菜跟肉切好了喔。」

媽媽在中堅的食品製造商工作，前陣子說升職當上了部長。她並不是所謂的工作狂，但也常常跟公司的人去玩，生活似乎頗為充實。

我將鍋子點火，放進和泉切好的肉塊，用料理筷滾來滾去一直炒。肉炒過的香味連同白煙一起充斥了整個廚房。

「健一你經常像今天一樣下廚嗎？」

「平日的晚餐是我負責的。因為不知道媽媽何時會回來。」

「這樣啊。」和泉說道。

炒好肉塊，放進蔬菜燉煮二十分鐘左右，此時再放進咖哩醬汁。從廚房旁邊有玻璃拉門的餐具櫃裡拿出盤子盛飯，再淋上咖哩。和泉切好的高麗菜等等蔬菜則盛裝在其他盤子裡，晚餐就完成了。

我倒了兩杯麥茶排放在桌子上，和泉鬆開綁起的頭髮，我們面對面坐在餐桌前。

在用餐期間，因為沒有開電視，所以客廳一片寂靜。甚至外面的人走路的聲響、車子經過的聲音都在家中響起。我們好一會兒默默無言地吃飯，途中和泉望著剩下大量咖哩的深鍋說道：

「似乎有點做太多了呢。」

「當成明天的早餐就好了。也可以省去製作的功夫。」

「那樣沒關係嗎？」

「嗯。咖哩有剩的日子總是那樣。」

「這樣啊。那就好。」

雖然在用餐期間沒什麼對話，但已經沒有像初遇當時那麼介意沉默了。我察覺自己已經開始習慣家裡有和泉在的環境，內心有點驚訝。

「我聽說今天便當是妳做給我的。」吃完咖哩以後，我向和泉攀談。

她驟然停下了動作，只有雙眼像在窺視一樣望著我這邊。

「啊，這樣啊……你覺得怎樣？」

縱然感覺到自己在害羞，我仍舊回覆了她：「還滿好吃的。」和泉柔軟地放鬆臉頰，浮現出放心的表情。

「不過和泉妳也是一大早要出門，很忙吧？不用那樣費心沒關係喔。」

「不，一起做的話，並不會增加工作量。早上有阿姨分擔一起做。起床時間感覺大致還是一樣。」

我把自己的餐具放在流理台，沙拉裝在盤子裡用保鮮膜包起來塞進冰箱裡，並準備好媽媽的那一份晚餐。

「和泉的媽媽從事什麼工作呢？」

我在杯裡倒水回到位子上，開口詢問和泉。

「在公司工作，她說現在從事咖啡豆進口的工作。」

「所以才要去國外啊。」

「嗯，說今後好一陣子要在南美工作了。」

「這樣啊——」

我出聲附和接著喝下開水，然後這次換和泉提起關於我家人的話題。

「健一的哥哥是研究生對吧？我從伯母那邊聽說他有在雜誌上寫書評，是真的嗎？」

「嗯。大概從兩年前開始，就常常在雜誌之類的刊登文章了。本人說是多虧了老爸——還是都怪老爸啊——總而言之他是那樣說的。據說是爸爸認識的出版社的人，叫哥哥試著寫寫看，結果說寫得很不錯，於是就刊登在雜誌上了。」

「……伯父是學者對吧。」

也許是知道爸爸的事情，和泉說話的語調稍微降低了點。

「沒錯。他是哲學系的老師。據說專攻法國思想，但具體上從事怎樣的工作，因為在我了解以前他就死了，所以我也完全不知道爸爸的工作被如何評價就是了。」

「這樣啊。」和泉說道。沉默再次降臨。和泉把剩下的咖哩用湯匙舀一舀吃掉，接著雙手合掌說：「多謝款待。」之後把餐具洗一洗放好，再次坐回位置上啟齒道：

「我也不知道爸爸是怎樣的人。」

關於和泉家裡的事，我從來不曾聽說過。媽媽只是以家裡有空房這個原因就讓她來家裡，又或者該說，我已經隱隱約約猜到，關於父親的事，她可能有什麼隱情也不一定。

本以為會是有點沉重的話題，但和泉卻意外地若無其事，像在說玩笑話那樣說了起來。

「怎麼說呢，據說是因為吵架而分手。由於是我很小很小的時候的事，所以對那件事完全沒有印象。媽媽是個倔強的人，就覺得很像她會做的事呢。」

「是嗎？」

「嗯，與其說她是對什麼都不服輸，不如說她是個超級行動派，因為工作而忙碌似乎也是因為她自己喜歡。最近還說『我的戀人已經是工作了』呢。」

和泉面帶笑容笑盈盈地這麼說道。由那樣的母親養大的和泉，或許意外地對那方面會很乾脆也不一定。該怎麼說，不管是口氣還是氣氛，都沒有感覺到半點陰影。

「真是厲害啊。」

「嗯，跟我的個性恰恰相反。」

今天的對話還挺熱絡的。我跟和泉即使吃完晚餐以後，也在餐桌上閒聊了好一段時間。在跟和泉說話的途中，媽媽回來了，之後她們兩人熱鬧地聊起天來，我便回到自己房間。由於我回家的時候有沖過澡，今天讓給和泉第一個洗澡，我則是在房裡看書打發時間。

我躺在床上，只有挺起上半身，在靜謐的夜晚中，我緩緩翻動書頁。

一讀起書，就能知道自己的精神好不好。當有什麼煩心事或感到沮喪時，即使追逐著文字也很難看進腦子裡。或許是因為跟和泉剛熱烈聊完，今天的狀態非常好。

當我持續這樣看了三十分鐘左右的書，不久後某人爬上樓梯的腳步聲響起。而且接下來還聽見附近傳來門開關的聲音。我想和泉洗完澡了，就從房裡的衣櫃拿出更換的衣物前往浴室。

脫衣間鋪著類似塑膠材質的地板，我脫掉衣服丟進洗衣機裡，忽然間我看見洗衣籃中有似乎莫名很柔軟的白布。起初還不知道那一團柔軟的布料是什麼東西，但當我理解到上面附有宛如蕾絲的東西之後，我的腦子就像有電流通過那樣頓悟了。

我的心臟狂跳，反射性地別開了視線。洗衣網的拉鍊拉得不徹底，和泉的，那個……內褲跑出來了。

為了將不知不覺間浮現的和泉身影趕出腦海，我故意讓心靈保持放空狀態，把手伸出去的時候注意不要直視，拈起那一團布料，在為女性內褲的柔軟度感到訝異之餘，放進可能有放她一整套內衣褲、真的很輕的洗衣網，跟著確實將拉鍊拉好放進洗衣機裡。

在那之後，我好似要把胸中的空氣全都吐出來那樣重重呼了口氣，脫掉衣服進入浴室裡。清潔完身體，我撲通一下進到浴缸裡。從濕掉的瀏海開始，水珠一滴一滴地落下。心臟還跳得有點猛烈。

越是試圖什麼都不去想，剛才看見的內褲跟和泉的臉蛋便一起浮現在我腦海之中，腦子像泡昏頭一樣暈暈的。白色內褲的柔軟觸感還殘留在指尖。居然拈起年紀相仿女孩子的內褲放進洗衣網，一回想起來就覺得自己似乎做了變態的行動。

我並沒有任何不軌之心——儘管我這樣對自己說，但有如象徵著我所感受到的苦悶，身體的一部分，那種生理反應相當老實地表現了出來。

「絕對不能對她出手喔。」

哥哥的話語言猶在耳，我喃喃道：「才不會咧。」那話連同曖昧的回音，響遍整個煙霧瀰漫的浴室。

☆ ☆ ☆

隔天早上也是，我像是跟和泉交錯開來般進入客廳。她已經揹起包包，以一身剛好長至膝上的裙子搭上深藍色長襪的制服模樣正要出門。

「早安。」和泉在玄關邊穿皮鞋邊說道。

「今天似乎會變熱喔。聽說下午會超過三十度。」

家裡玄關的門，上頭的毛玻璃有一部分的縫隙。從那邊照進的光線，的確比起連日來灰暗的天空那時顯得更加透白明亮。

我對著穿上鞋將手伸向門的和泉道了聲「路上小心」，她也說了句「我出門了」，隨後就面帶笑容離開家裡了。

媽媽還在客廳為了出門上班做準備，桌子上準備了我的早餐和便當。大概是媽媽跟和泉分工合作做出來的吧。

因為媽媽去上班，我就一個人吃完早餐，洗完三人份的盤子，然後鎖好門離開家裡。

電視的氣象預報說今天是梅雨暫時放晴的期間。飄浮在天空中的雲，不是昨天為止那樣的灰色，而是猶如潔白棉花糖一般不斷湧出，能強烈感受到即將到來的夏日氣息。

這天我也平淡地上完一整天的課程，跟長井吃午餐，放學以後換上足球裝來到操場上。

今天除了經理以外的二十三名社員中有兩人缺席（三年級生在本月月初的高中大賽預賽後便引退了），於是以比賽形式練習之際，打十一人制比賽會不夠一個人。

在分隊員的時候，就變成「少一個也沒關係啦」的感覺，當我們要以十一人對十人開始比賽之際，由梨子舉起了手說：「由我來補足缺額。」

「喔，這樣啊。那就請多指教了。」負責分隊員的長井對由梨子說道。

聽見她的提議，包括橘在內的一年級生大家都「咦？」了一下，露出猝不及防的神情。

「森學姊，妳會踢足球嗎？」

在由梨子身旁的橘訝異地說。

「還行。我直到小學六年級都跟男生一起踢。」

由梨子從自己帶來的練習背心袋裡拿出一件，一邊從頭套下去一邊回答。

「這樣啊～！」

橘用憧憬的表情看著由梨子。由梨子似乎覺得有些煩人，用乾笑閃躲連喊著好厲害、好厲害的橘。

至今為止只要人數像這樣有缺的時候，由梨子就會參加社團的練習，但是從換屆過後，橘跟學弟們入社以來這是第一次。

由梨子念小學的時候，跟我同屬少年團的隊伍，從一年級到六年級都在踢。據說現在也偶爾還會參加本地的女子足球社團。據她表示，足球的基本技巧，她在十二歲以前就已經學會了，所以她的技巧很紮實。她甚至還具備顧問不在的時候，能代為安排練習課表的知識，擁有比起經驗尚淺的男生更能成為戰力的實力。

由梨子用大腸圈重新綁好自己的馬尾，她從放在板凳上自己的小小手提包裡，取出白色塑膠製的護脛和運動彈性貼布開始做準備。

準備結束後社員們在操場上散開，能聽見田徑社的起步槍爆破聲響起，還有網球社在打球的聲響。過了六點以後太陽西斜，漸漸變得昏暗，設置在頂樓的燈亮了起來。太陽即將沉沒的西方天空染上濃厚的紅與紫，是夏日夕照的色彩。

身為顧問的中田老師因為要開教職員會議不在，因此經過三十分鐘以後，橘就在板凳上鼓起臉頰，吹出感覺漏風的超爛哨聲。

在傍晚的操場來回跑三十分鐘，我們已經徹底汗流浹背。由梨子的瀏海變成一撮整個黏在額頭上，下巴前端也有汗水滴落，她用袖子擦拭著臉頰一帶。

「辛苦了。」我向在我附近的她搭話。

「啊～累死了。」由梨子重重喘氣道。

「森學姊妳好厲害～」蒐集選手練習背心的橘跑到由梨子的身邊。

「我都不知道學姊妳這麼會踢足球。感覺比起一年級的板凳球員還要厲害！球一次都沒被抄走！」

「後衛被抄走的話就糟糕了吧。」由梨子笑笑說。

「妳乾脆去當選手不就好了？」

「如果參加男人認真的比賽會受傷的，體型差距太大了，很危險。」

我們在一旁聽著由梨子跟橘那樣的對話，走回板凳前。稍事休息過後再整理一下，今天的社團活動就結束了。所有社員都在操場上，有人坐著不動伸長雙腳、有雙人組在做按摩，還有人在做緩和運動。

我也找了個合適的地方坐下，鬆開釘鞋的鞋帶，脫下足球襪，拆掉護脛。傍晚的風吹過小腿和腿肚相當涼爽。由梨子也在我附近坐下，同樣把襪子脫到腳踝處。

我仍舊屈著膝，雙手放在身體旁邊，對著染成紫色的傍晚天空呼了口氣。一整天持續受到梅雨放晴期間如此犀利的陽光照射，操場的沙子好比被火烤過那樣燙，但是微微吹拂的風相當舒服。鳥兒化為好幾道黑影，徐徐劃過即將日落的天空。

一起使用操場的田徑社——順帶一提棒球社用的是離這裡有點距離的場地，跟壘球社共用的棒球場——或許也練習完畢了吧，當他們開始收拾欄架等等器材的時候，校舍那邊響起管樂社樂器的聲響。

我稍微扭頭，然後屈膝伸展腿部肌肉。這時從旁飛來一顆小石子打中我的腳。

「幹嘛啊。」

我對位於我斜後方的由梨子那樣說，她便對我說：「稍微幫我壓一下背。」

她雙腳併攏前伸，做伸展小腿的運動。我站了起來，移動到由梨子的背後，輕輕壓她的肩。

「太小力了。再用力一點。」

聽到她提出那樣的要求，於是我一口氣把她的身體向下壓。或許是力道適中，由梨子發出「嗚——」的一聲有如泡溫泉的老人家那樣的聲音。

我忽然想起小學時期，我們也經常像這樣一起做伸展運動。那時候沒有男女之別，彼此的身體接觸更加親暱，但畢竟到了現在還是會有點在意。在她縮成一團的背部，香汗淋漓的衣服底下，內衣鈕釦的形狀明顯地浮現出來，讓我的雙眼有點不知該往哪兒擺才好。

雖說比起技術很爛的男生還要厲害，但我現在抓住的肩頭，比起總是一起做伸展的男生社員還要纖細得多。

不久後由梨子對我說了聲「謝謝」，隨即停止做伸展站了起來。

「我也幫你壓吧。你坐下來。」

我照她說的坐在地面上伸直腿。她抓著我的肩膀使勁向前推，起初很溫柔，但漸漸地開始增加就像在開玩笑般那麼強的力量。

「喂，太用力了！」

我做出抵抗，同時對整個人用體重壓在我身上的由梨子發出抗議之聲，為了從她的手中逃脫我向旁邊倒下，隨後她竊笑了起來。

「妳喔！」

我一邊撥掉倒下之際手臂沾到的沙子一邊說，由梨子若無其事地說：「好了，得收拾了。」

隨後便用小跑步跑向在蒐集足球的橘身邊。

☆☆☆

過了下午七點，要回同一地區的我跟由梨子，兩人並排騎著腳踏車。雖然到途中為止還經常會跟兩三名足球社員一起，但進到我們居住的住宅區以後，大致上都只剩我跟由梨子兩人。我們在紅燈前並排停下。回家的時段正好有許多車在路上奔馳。

「好久沒踢球，覺得腳好痠啊。」由梨子像在自言自語般說道。

「隔了多久？」

「大概兩個月吧。最近我也沒踢女子足球。」

「妳大概會肌肉痠痛吧。」

「就是說啊——」她邊說邊隔著裙子揉著大腿，然後臉朝向我說：

「話說健一，你變得很行了呢。」

「妳幹嘛突然講這個。妳誇我總會讓我思考背後有沒有深意耶。」

「你用不著多想。是好久沒有一起踢感覺到的。因為你在持球的時候相當冷靜嘛。就算有人衝撞你的身體也能觀察四周。」

「多謝。」我老實地說。

「以前一旦感受到強大壓力，你就會把球踢出去。那一點你似乎修正了呢。」

跟她在同一隊的時候，我的確是只要拿到球，就會馬上踢出一記大大的長傳球，傳球到對手後方的話，即使無法得分也不會直接造成危機。而且我們隊還有個無論多菜的球都能接到，腳程超快的前鋒。

「爸爸也會下指示說『由梨子快跑到後面』。這樣說起來，確實長期以來成了習慣也不一定。」

我說著說著由梨子有些得意，短促地笑了一下。

「那還挺吃力的耶。反覆衝刺好幾次，在追球途中身體還被人撞，大概在那個隊伍裡我是最拚命的人呢。」

「也許是吧。」我也回想起小學時代的事。抱持著懷念的心情點頭。

對話中斷以後，我彷彿要把一整天的疲勞全都傾吐出來那樣呼了口氣。無意間抬頭望向西方還勉強殘留著太陽餘光的淡藍色天空。一整片深色漸層的傍晚天空中，飄浮著灰色的雲朵，白色星星在縫隙中露臉。當我愣愣地望著天空之際，由梨子似在喃喃自語般說道：

「……話說回來，到下個月叔叔也過世三年了呢。」

我們面前的大貨車呼嘯著飛馳而過，讓這附近飄了一會兒廢氣味。

由梨子直直凝視前方的行人紅綠燈。只要一把頭轉向旁邊，就能看見她從下顎到喉嚨纖細的曲線，還有微微向上翹起的睫毛。我似乎是看習慣由梨子的臉蛋了，重新這樣審視，感覺宛如在看哪個不認識的人的側臉。剛才做伸展的時候也是一樣，又在不經意之際，強烈感受到由梨子女性化的那一面。這是為什麼呢——雖然我不知道是為什麼，但在內心深處卻覺得似乎是因為跟和泉一起生活的關係。

「叔叔雖然足球踢得很爛，但很會教人呢。」

由梨子的臉轉向我這邊，露出帶點惡作劇的表情說。我們在小學時代，足球方面的基礎都是由自願擔任少年團教練的父親教授的。

「因為他是大學的老師，或許很習慣教人吧。」

我也表示同樣的意見，「或許是吧。」由梨子面帶笑意點點頭。

不久後紅綠燈變成了綠燈。

隨著鏈條的聲響，我們開始踩踏腳踏車。不消多久就到了由梨子家門前。跟我家一樣，是間有小小庭院的獨棟房子。紅磚風格的磚塊圍繞著整塊腹地。

「再見。」

由梨子下腳踏車揮動單手。

「喔，明天見。」

我那樣回答，告別由梨子以後，我繼續騎了一下腳踏車。從由梨子家到我家，大約是騎腳踏車五分鐘的車程。

到達我家所在的小路上，就看見屋子前方有兩個人的人影。

起初由於附近很昏暗所以看不太清楚樣子，但是靠近一看，就發現那個人影是和泉。在她的旁邊還有個穿著同款制服，個子嬌小，戴著眼鏡，頭髮綁成雙馬尾，看上去似乎很一板一眼的女孩子。

「啊，健一。」和泉向下了腳踏車的我搭話。

「和泉……妳剛回來嗎？」

「嗯。」她點了點頭。

在和泉身旁的女孩子可能怕生吧，我在跟和泉說話時，她忸怩地躲在和泉後頭。她穿著跟和泉同款的制服。雖然沒有印象，但在這個時間點跟回家路上的和泉在一起，也就代表她應該住在這一帶吧。

「……那個，里奈，你們認識嗎？」

「啊，嗯。他叫坂本健一……」

和泉開始向她介紹我。我什麼都沒想，便反射性脫口而出：

「我是和泉的親戚。就住在這附近。」

「咦？」和泉朱唇微張。

「這、這樣啊。」

她仍舊忸忸怩怩地說：「我叫星野愛子。請多多指教。」接著她像在逃避我的視線那樣，猛然垂下了頭。

「啊，妳好……」我搔著頭說。因為我也是怕生的人，所以很能領會星野同學此刻感受到的尷尬。

「再見，和泉。」

言畢我便騎上腳踏車，再次揚長而去。

「咦？啊，嗯。」

和泉對我露出似乎相當混亂又不知所措的表情。

我在住宅區裡繞了一陣子，在家的周圍繞圈子。後來等確認看不見和泉朋友的身影，才在我家的前庭停下腳踏車。

我想那時和泉肯定是要告訴那個叫星野的朋友她跟我同居的事。不知為何，我總覺得別那樣做比較好，於是立刻做出了那樣的反應。仔細想想，她有可能已經說過在搬來的地方有個同齡的男生。也許是我瞎操心了吧。

「我回來了。」

當我脫掉鞋子進入客廳，坐在桌前的和泉對我露出感到不知所措的神色，隨即跑來跟我說話。

「健一，對不起喔，總覺得像是讓你替我費心了。」

「不……我才是。不知怎的就反射性做出了行動。我想如果對那個人說明我們住在一起，說不定會演變成麻煩事……可是既然她是妳的好友，或許還是說出來比較好吧。」

我回想起由梨子的事，我起初瞞了她和泉的事，結果後來事情變得很麻煩。既然她是能得到和泉信賴的朋友，我裝作是陌生人說不定並不好。

聽到我那樣說，和泉搖搖頭說。

「下次要是還有這種機會，我會好好向她說明的，沒問題。她不是會莫名向周遭散播這種事的人。」

「這樣啊。」

「嗯。」和泉點了點頭。之後為了調節氣氛——

「今天晚餐要做什麼？」她開朗地開口。

「啊，呃，因為冰箱裡有絞肉，我想做點漢堡還什麼的……」

「收到，我也來幫忙吧。我去換件衣服，稍等我一下。」

和泉說完那句話便離開客廳。外頭已經天黑了，玻璃窗的表面宛如一面鏡子，映照出亮著燈的客廳。拉上窗簾，我也為了更衣回到了房間。

第三章　她們的相遇

隔天社團活動結束以後，由梨子和橘兩人前往腳踏車停車場。她們兩人好像望著操場的方向站著說話。

「喔，健一。你接下來有空嗎？」

當我從她們兩人旁邊穿梭而過時，身穿短袖制服揹著書包的由梨子對我那麼說。橘鬆鬆垮垮地揹著背帶拉長的後背包，放下社團活動時紮成兩撮的馬尾。她跟我視線相交便微笑著輕輕點頭。

「要幹嘛？」

「明香里說回家路上的車站前有間家庭餐廳，要不要過去看看？啊，長井來了。長井，你過來一下。」

由梨子不等我回答，就向揹著運動提包，把手插在褲子裡走路的長井搭話揮手。

長井抬起頭朝我們走近，問由梨子說：「幹嘛？」

見。

「要不要一起去車站前那附近？健一也會去。」

「那是什麼組合啊。」

他看向我們三人，用困惑的語氣詢問。只有我和由梨子就算了，還包含橘在內的三人組很少見。

「沒什麼。只是心血來潮罷了。」

由梨子雙手在胸下交叉，面露微笑說道。

「那個，我要負責煮晚餐……」

我站在由梨子旁邊正要那樣開口，她卻飛速把臉貼近我耳際。突如其來的悄悄話，她的氣息令我發癢，讓我冒出了雞皮疙瘩。

「一下子而已沒關係吧。你要中途離開也行。只是為了幫忙邀長井。」

「嗯……」

我從由梨子的話中察覺，要邀長井一起去玩，想必是受到橘的請託吧。原來我是釣長井的誘餌嗎？是為了顯得自然的偽裝嗎？

車站前在回家路的反方向，有夠麻煩。在我欲言又止之際，由梨子也很不耐煩似的小聲砸了下嘴，接著迅速離開我的臉說：

「我突然有種想要自言自語的感覺。」
她望著遠方故意大聲說。
「喂，妳快住口。」
我急忙張口，橘愉快地向由梨子發問。
「森學姊，妳握有坂本學長的弱點之類的嗎？」
「呵呵呵！」由梨子望著我笑得很故意。
「也請告訴我。」
「怎麼辦才好呢～我的自言自語會不會說出口，就要看我的心情了……」
「我知道了，我去……長井，我們一起去吧。」
我徹底認命，用手掌推著長井背後，像要跟兩個女生拉開距離那樣向前走。長井轉頭看向了由梨子的方向。
「妳手上到底有什麼坂本的弱點？」
「你在說什麼？」
「哼哼～」她用一副若無其事的表情稍稍歪了歪頭說道——我此時心想，果然那時候就該隱瞞她和泉的事情。

由梨子和我推著腳踏車，我們四人步行前往離高中最近的車站。昏暗的天空飄浮著暗褐色的雲朵。在路旁發光的老舊路燈則灑下泛黃的光輝。

長井和橘兩人並排走在前面，推著腳踏車的我跟由梨子則跟他們拉開了一點距離向前走。當我望著身高差了兩個頭的長井和橘的背影，由梨子向我提問：「晚餐是你做的嗎？」

「是沒錯。」

「哦~真是意外。那個搬來的親戚小孩也會幫忙嗎？」

「和泉是負責早餐。但是時間來得及的時候也會幫忙做晚餐。」

「是喔。原來如此。」

由梨子始終看著前方，像在喃喃自語那樣張口道。

從高中到車站的路，雖然有好幾個同校的學生走在路上，但是很安靜。只能聽見我們推腳踏車的鏈條聲，還有長井和橘的談話聲。

大約走上十分鐘，就到了位於車站前某間連鎖的家庭餐廳。我們進到裡頭坐四人座，男女分開就座。

也許因為是平常日，人潮並沒有那麼擁擠。有在禁菸座位上使用筆電跟平板的單人客、感覺是來閒聊的一群年輕男性，還有穿著不同高中制服的一組女生。

由梨子和橘選了聖代跟飲料無限暢飲，我跟長井兩人則點了炸薯條和飲料無限暢飲。點完以後，由梨子便從椅子上起身說：「我去拿飲料過來。」雖然橘想要跟過去，但她卻說了聲「沒關係啦」一個人去了。

橘跟長井他們兩人似乎在進行著很有高中生風格、有說有笑的對話。我為了不打擾到他們，就用手機隨意閱覽一些新聞，把他們兩人的對話當成耳邊風追看文字。

我連上的新聞網站，連同低頭致歉的大叔照片一併刊登了一則大企業的醜聞報導。

「長井學長，你在一年級女生當中很受歡迎喔。」

「妳那是客套話吧。」

「才不是客套話。在足球社裡可是排前三的。」

我雙眼掃過使用黃豆的減肥法對健康有益的專欄。

「還有那種排名啊……」

「說得詳細一點的話，第一名是森學姊，長井學長是第二名。」

「森是第一名？」

「是的。比如明明是女生卻能指導男生之類的地方，感覺英氣十足很帥氣。」

今年的梅雨全國雨水豐沛，氣象廳表示無須擔心水源不足。

「是喔——那坂本呢？」

在我按下今年夏天備受矚目的電影那則報導時，由於出現了我的名字，於是注意力便跑到長井他們的對話上。

「坂本學長的話……」

橘用淘氣有如貓咪那樣的眼睛偷瞄了我，低頭看手機的我抬起頭來。

「沒關係，妳不用講。」我簡短地說。緊接著橘發出一聲「啊……」泛起苦笑跟著繼續說。

「說實話坂本學長的受歡迎程度不好說，但是有一部分人認為你在跟森學姊交往。」

「啥？」

「你們經常一起回家。所以我也被問了好幾次跟森學姊在一起的人是誰。」

「那是誤會。」

我話聲剛落，長井就繼續追問：

「可是你們真的不是那種關係嗎？」

「完全不是。」

我立刻回答。當初進入社團時，由於我們彼此直呼其名，所以社員們對我們有很多胡思亂想，也會被學長姊用煩人的眼光看待。雖然也曾為那種事感到煩惱，但經過半年，大家就明白了我們的關係是自然而然的發展。長井也應該很清楚，我們不是那樣的關係。

此時由梨子說著「久等了～」回到了這邊，她把四個玻璃杯放在桌子上。話題就此帶過讓我鬆了口氣深深坐進沙發裡，把由梨子拿來裝可樂的玻璃杯放在嘴邊。

當察覺到有什麼古怪味道的時候，飲料已經進了我的口中。

可樂裡頭混了什麼東西，過了一段時間，舌頭表面漸漸感到火熱。直嗆耳朵深處的氣味，差點害我咳嗽咳不停，我急忙把口中的液體喝下去。

「由梨子，妳在裡面加了塔巴斯科辣椒醬對吧。」

「還合你口味嗎？」

由梨子用一臉像是在說「哎呀，糟糕了」那種故意裝高雅的動作用手遮住嘴邊，若無其事地這麼說，在我淚眼汪汪的視野當中，看上去模模糊糊的。

「真的別做這種事啦！」

我喝起長井帶著笑容遞給我的水說道。可惡，舌頭因為冰水麻痺了。

「我想弄得很可口——就現場的意義而言。」

「難喝死了！可樂加塔巴斯科再怎麼想都很奇怪吧。」

「坂本學長很可口。」

橘從旁插話。

「才不可口咧！」

「很可口，對吧～」由梨子對著橘說，兩個人還異口同聲地說「對吧～」。這個默契十足的反應是怎麼回事。總覺得我似乎是被欺負了。

「能欺負坂本到這種地步的，就只有森了呢。」長井似乎很欽佩地說。

「森學姊拯救了坂本學長呢。就角色形象而言。」

橘也不知怎的一臉得意地續言道。

「那是什麼意思啊？話說由梨子妳想點辦法啊。我再也不想喝這個了，喉嚨好痛。」

由於嗆到時似乎意外地順勢喝了許多，因此塔巴斯科可樂少了很多，但還有大概半杯。

「真拿你沒轍呢～」由梨子言畢，像是做好覺悟似的在之後的一瞬間，咕嚕喝下塔巴斯科可樂。

「扯到不行的味道對吧。」聽我這樣說，由梨子長吸一口氣，掛起笑容說：「也沒有那麼誇張吧。」但是她的手在陣陣發抖，儘管表情仍舊保有從容，卻馬上開始喝水。

「學姊，我也要喝。」

橘大概很懂得觀察氣氛吧，她把剩下的一口乾了。我們完全來不及阻止。在我們三人的注目之下，玻璃杯非常小心地被擱在了桌子上。

「……………………………………………………」

「喂，她不說話了。沒問題嗎？」

長井向由梨子發問。由梨子用她特有像「搞砸了」的那種感覺，嘴巴半張注視著橘。橘身體前屈，瀏海遮住她的臉看不見表情。

「喂，妳真的沒問題嗎？」我有點擔心地跟她說話，由梨子也問她：「明香里？沒事吧？」不久後橘抬起臉，抿著嘴連連點頭。接下來過了幾秒後，她「噗哈」的一聲張開嘴巴吸了口氣，紅著臉篤定地說：

「坂本學長你太誇張了啦～」

「妳這話一點說服力都沒有！」

我忍不住開口吐嘈，由梨子則是哈哈大笑。橘似乎是強忍到極限了，淚眼汪汪地灌下哈密瓜汽水。

☆　☆　☆

之後聊了一個小時左右，我們就離開家庭餐廳。我跟由梨子騎上腳踏車，長井他們則是兩人朝車站的方向走。周遭已經一片漆黑了，沿著國道的小路充斥著車頭燈和路燈的燈光。

「橘她喜歡長井嗎？」

我邊騎腳踏車邊問在我旁邊的由梨子。我從以前就猜測過有可能，但是我沒跟人聊過這個話題。

「嗯──大概是在意的學長那樣的位置吧。」

「那是什麼啊？」

「就是還不是很認真的那種感覺。」

「這樣啊。」

好像明白又好像不明白。我懶得問清楚詳情，對橘的戀愛情事也沒有興趣，所以就隨便帶過了話題。

我們一如既往在二十分鐘左右的路程上騎著車。奔馳之際車輛發出聲響，我們受到好幾個車頭燈照射，使影子形狀飄忽不定，悠悠地搖來晃去，就像是在海裡漂浮的海藻一般。

我在回家路上跟由梨子告別，一到家就發現玄關亮著燈。和泉的咖啡色學生皮鞋也整齊地擺著，客廳的門也透出一絲光亮。走進去的時候，只見和泉正坐在餐桌椅上。

「歡迎回來。」

「喔，我回來了……」

她還穿著制服。因為現在正好是和泉回家的時刻，也許她才剛剛到家。

「抱歉。今天我跟朋友有點事，就晚回來了。」

我把包包放在地上開口道歉。

「不，沒關係……」

「晚飯如果不介意的話，我想叫披薩，可以嗎？」

「我不要緊。不過伯母那邊沒關係嗎？」

「嗯。我覺得做晚餐很麻煩的時候，一直以來偶爾也會點。雖然她有限制外賣一個月最多只能叫三次。」

「啊，那你等一下。我記得是在這邊……」

和泉啪啪地翻動固定在桌子旁邊的傳單，喊了聲「有了」隨後拿出一張來。

「是折扣券。」

「喔，妳真行。」

是有易撕線，好幾種披薩的九折折扣券。

我們決定點折扣對象的瑪格麗特，接著寄了封郵件問媽媽「晚餐吃披薩可以嗎？」，她隨即簡短地回應「ＯＫ」，於是我訂了三人份的L尺寸披薩和沙拉之後掛上電話。

在我跟和泉輪流沖澡，換上家居服的這段期間，時間過了幾十分鐘。恰巧我洗好澡，換上短褲跟T恤進入客廳之際，對講機響了。

「來了～」明明外頭聽不見，和泉還是一邊回答一邊起身，在家居服的上頭套了件灰色連帽外套前往玄關。

非常親切的外送小哥跟和泉對答的話聲，就連在客廳都聽得見。回來的和泉把又大又平坦的箱子放在桌上接著打開。我看見裡面附的小包塔巴斯科辣醬，想起了由梨子的惡作劇。

「呃，塔巴斯科……」

「你討厭嗎？」

「不，要是能適當使用，應該說我是喜歡的。」

「適當？」

「我的身邊有會亂用的人……」

「？」

和泉愣愣地歪頭。當我說完「抱歉，沒什麼」以後，和泉淺淺笑了笑，脫掉連帽外套拿出菜刀。首先切成Y字，再將其進而各切成了二等份。沾附在菜刀上的起司黏糊糊地向下垂，使得不鏽鋼的刀刃表面變得朦朦朧朧。

「謝啦。」

「哪裡哪裡。」

我看向打開的電視，現在正在播映電影。才剛剛開始演，是我知道的作品。

「喔，這部電影。」

「怎麼了嗎？」

「哥哥之前讚不絕口。我記得他在某個網站上也有寫心得。」

「真的嗎？」

「嗯。」

我拿著放了披薩的盤子坐到沙發上。在看電影的時候，我察覺到和泉也很有興趣地觀看著螢幕。

「那邊很不方便看吧？來坐沙發吧。」

「咦，可是，這樣太失禮了……」

「沒關係啦，妳不用那麼在意。連在家裡也要處處留神的話，很累吧。」

言畢，和泉就露出像在惡作劇那樣的笑靨說聲「那我不客氣了」，拿著盤子從餐桌移動到沙發。明明開口的是我，我卻很在意坐在旁邊的和泉，看電影時的注意力都悄悄跑到她身上去了。她把後面的頭髮繞到前方胸口處。在短袖T恤短短的袖子底下伸出的手非常纖細。

從她專注盯著螢幕看的側臉看來，她似乎沒感受到如我這樣的緊張感。然後我感受到像是放下心來，卻又像是感到沮喪的一種說不上來的心情。

☆　☆　☆

在打從和泉搬來那天過了正好一個星期的星期六早上，吸塵器的聲音吵醒了我。

我從床上爬起來，或許太陽已經高高掛在天空上了，從窗簾縫隙射進了犀利的陽光，把房間照得透白明亮。天氣相當熱，我身體流了點汗，汗水從鬢角流到脖子上。

我看向枕邊的時鐘，已經超過十一點了。

昨天晚上看書看到深夜太晚睡覺，可能還有加上累積了一整週的疲倦，我一次都沒醒來，熟睡到這個時候。

我在床上伸展上半身，大腿、小腿肚跟側腹都有輕微的肌肉痠痛。我打了個呵欠，緩緩吐出氣息之際，就聽見了咚咚咚的敲門聲。

當我用昏昏沉沉沒睡醒的聲音回話，就聽見門的另一頭傳來和泉的聲音：「健一，伯母說你該起床了。」

「……知道了。」

我套上脫在床下的拖鞋，壓著一頭亂翹的頭髮打開房間的門。然後看見那裡站著手拿吸塵器的和泉。

她一襲藍色無袖襯衫，加上咖啡色短褲的打扮，腳上踩著一雙紅色拖鞋。

「妳在打掃嗎？」

我用尚有幾分朦朧的腦袋向和泉那樣一問，她便點點頭。

「嗯。掃我自己的房間，還有樓梯附近。」

「這樣啊。」

即使站了起來，睡意卻遲遲未退，我忍不住打了呵欠。當場做了下肩膀伸展之後，我發覺和泉愣愣地望著我敞開的房間。

「和泉？」

當我感到困惑開口詢問，她似是回過神來那樣嚇了一跳。

「啊，對不起！我只是在想你的書架真大。」

「喔，妳說那個？」

我敞開房門，看向足足有一整面牆的書架。無意間問了聲：「妳要看嗎？」和泉便說：「可以嗎？」

我點點頭，隨後和泉就把吸塵器立在走廊上，輕聲說著「那我就打擾了……」同時走進我的房間，我姑且還是有收拾到讓人看也不丟臉的程度，可是睡醒的床上有歪七扭八的毛巾毯，唯獨那個讓人有點介意。話說回來，和泉是第一次進我房間，我驟然注意到這件事，於是房門就保持敞開。不知怎的，我覺得這樣會比起兩個人在關上門的房間裡獨處要更輕鬆一點。

和泉站在書架前，看著一字排開的書本。

「數量還真是驚人呢～」

「嗯。雖然大部分哥哥都帶走了，即使如此也還有很多，所以就放在我的房間裡了。似乎也有很珍貴的書。」

我說著說著從手搆得著的地方，拿出一本米歇爾．傅柯的著作。我翻動書頁，不知道是爸爸還是哥哥的筆跡，上面寫著許多日語拼音和筆記等等雜亂的文字。

「那是誰的書？」
和泉愕然問道。
「是有點久遠的哲學家。」
「健一你也經常讀這種書嗎？」
「很少看這麼正經的。因為我本身喜歡讀書，所以偶爾會挑簡單的書籍或自己感興趣的地方讀。專業書籍幾乎只是當裝飾喔。」我將書放回去並回應。
「哦～」和泉發聲。
「不過果然是學者家庭出身的小孩呢。」
「為什麼這麼說？」
「我想一般的高中生不太可能對那種方面有興趣。」
「……我不太想被認為有受到影響呢。」
我曾說過不想被認為跟優秀的哥哥、爸爸擁有相同的生存方式。我不認為跟他們用同樣的方式生活，就能成為他們那樣子。抱持那樣的想法，就會覺得自己像是他們的劣質複製品，很令人討厭。
「說不定是徹底受到影響了呢。」

然而和泉卻說了奇怪的話。

「……是嗎？」

她用相當坦率的樣子嗯的一聲點了點頭，我則是嘆了口氣。

後來和泉離開我的房間，再次在二樓走廊用吸塵器開始打掃。我也跟在她後頭離開房間，下樓來到客廳。

☆ ☆ ☆

在那之後，這天一整天都放晴。下午的氣溫升高相當酷熱。不過因為隔天就要面臨練習賽，所以今天的練習課表分量比較輕，結束時並沒有很累。

回家的時候，由梨子在停車場找我攀談。

「我說，要不要順道去一小看看？」

一小是我跟由梨子以前讀的入澤市立第一小學的簡稱。

「為什麼？」

「今天我的表妹要踢足球比賽。雖然她還只是個四年級生。要不要去看？」

傍晚以後沒有特別的預定行程，因此我回她「我知道了」。以前我隸屬的少年團，常常也會有身為校友的國高中或大學生前來指導，但是我自己打從小學畢業後一次都沒有出現過。

一進入小學的操場，我們就像從前那樣，將腳踏車停在停車場。周遭全是小學生小小的腳踏車。

好久不見的小學操場，感覺很是狹小。在足球場裡有一群孩子，穿著跟我們以前所穿的一模一樣的制服四處奔跑。對手的制服也很眼熟，是本地的業餘球隊。在小學的小小操場裡響起孩子們叫喊的聲音、追球的腳步聲還有吹哨聲。

我們倚在操場一角的單槓上，望向正在進行比賽的球場。傍晚的夕照很強烈，天氣很熱。

「妳的表妹是怎樣的孩子？」我開口問了下。

「是那孩子。她叫美雪。」

在由梨子指尖前方有個留著短髮鮑伯頭的女孩子，給人的第一印象是個頭嬌小、樣貌可愛。就我所見，打的是中場的右邊衛。比賽成了在小學生的賽事中常見的，以體型比較大或技巧比較優異的兩隊幾名中心選手，在狹窄的地方密集互相踢球的狀況。在那球場的一隅，美雪不知道是想還是不想參加比賽，在那裡晃來晃去。

「那孩子的媽媽說，她是因為受我影響才開始踢足球。」

由梨子望著表妹和學弟妹們的動作，很自豪地說。

「哦～踢多久了呢？」

「今年是第二年。」

「這樣啊。還是那樣也是沒辦法的事嗎……」

「嗯，她原本的個性就是很穩重的孩子，但是資質很不錯喔。我有教過她幾次，她很機靈學得很快。」

「原來如此。」

「不過有點太溫柔了，不會想積極參加比賽是一大障礙呢。」

在我們聊這些的時候，有如被中心集團彈出來似的，足球滾啊滾的，滾到美雪那邊。她一瞬間嚇了一跳，但還是把到了腳邊的足球踢回正中央。是相當漂亮的一踢。穩穩飛起的足球，又再飛到那群中心集團裡，由某人的頭頂飛出去，最後對方的守門員擋住。

「踢得確實很漂亮。」

「就說吧？」

「感覺像是傳球型選手呢。」

「說得也是。我也認為美雪如果要當邊衛，可以朝那方面發展。就個性上也不覺得她是個攻擊手。」

由梨子完全是用指導者的眼光在觀看表妹的比賽。然後我忽然想起小時候，爸爸或許也是像這樣觀察著我們這些小學生吧。

經過大約十分鐘以後，比賽結束了。在致意結束的那群小學生裡，美雪啪噠啪噠地跑到我們這邊。

「辛苦了～」由梨子的手放在美雪的頭上。

「由梨子，妳來看我了嗎？」

「嗯，妳很拚命地跑呢。」

——哇，向來說話很辛辣的由梨子，對她說話很溫柔。根本不像比賽之際會常常在板凳那邊怒吼的由梨子。

由梨子的手離開美雪，身體面向我。

「這是我的朋友。是這裡的畢業生。」

美雪瞧著我，和我雙眼相對。

「……」

「……」

我沒有跟這種年紀的孩子說過話。就在我不知道該用什麼感覺跟她相處，大傷腦筋之際，

「喂，快打招呼啊！」由梨子似乎很傻眼地對我說。

「妳、妳好……」

總之我試著說了一句話，可能是因為奇妙地停頓了一小段時間，美雪顯然在害怕，她的雙眼在亂飄。

「健一，你的笑容在抽搐。」

不用講我也知道，但這是我拚盡全力能擺出最溫柔的笑容了。美雪用感覺很緊張的聲音對我說了「你好」，鞠了個躬以後，就小跑步跑向操場了。所有的孩子們圍成圓圈。看來他們似乎還要做伸展。

「唉——嚇到小學女生了。不愧是健一。」

「就算妳那樣講！」

由梨子翻白眼看著我。

之後我跟由梨子打算跟認識的教練打招呼而靠近了板凳。教練是個叫石田先生，身穿運動服、頭戴鴨舌帽，在市公所工作的大叔。教練多數是由隸屬這個隊伍的孩子父母，或是這間小學

的校友義務當，可是石田先生是就算在自己的孩子畢業以後，也一直持續留在隊上指導的人。

「喔，健一！」

早在我向他搭話以前，石田先生就發現我了。這令我有點訝異。

「您好，好久不見了。」

我低下頭開口問候。石田先生被太陽曬紅的臉上浮現笑意，問了我諸如「你有長高嗎？」、「還有在踢足球嗎？」之類的問題。在進行對話的途中，他的視線移向我身旁的由梨子。

「是你的女朋友嗎？」他小聲地問我。對此由梨子做出肩膀抽動一下往上抬的反應。

「我是森。跟健一同期的。您忘記了嗎？才不是這傢伙的女朋友。」

儘管臉上帶笑，但由梨子卻用感覺要青筋暴露那樣的魄力報上名字。

「喔！妳是由梨子啊！氣質變了，都認不出妳了！仔細一看確實是由梨子！」

「仔細一看是什麼意思啊。」

由梨子一臉老大不高興。「抱歉。」石田先生臉上笑笑地對由梨子說道。緊接著——

「坂本教練他還好嗎？」

他開口問了我。

我一瞬間答不上來。這個球隊的人們，還不知道爸爸已經死了。

「……爸爸已經去世了。在三年前。」

「咦？」教練開口，半晌無言以對。我感覺到和睦的重逢氣氛陷入冰點。站我身邊的由梨子也做了類似垂下頭的動作。

「為什麼？」

「是因為急病，事出突然。」

「這樣啊……抱歉，居然會發生那種事。」

「——不，我才是，抱歉沒告知這支球隊。明明曾受你們很多關照。」

「不不不，沒關係。你很辛苦吧。」

曾在大學工作結束後露臉的爸爸，也經常穿夾克坐在板凳上。跟這個小學操場一點都不搭，帶有知識分子風格的模樣，會讓人聯想到歐洲職業球隊的教練，其他的教練們還開玩笑說是「我們球隊的穆里尼奧（註：葡萄牙籍足球教練，曾率領五支不同國家的球隊，奪下八次聯賽冠軍）」之類的。一靠近板凳，爸爸身穿夾克配上色彩花俏足球釘鞋的奇妙組合身影，便浮現在我腦海中。

我們聊了一陣子爸爸的事情以後，就說起了彼此的近況。由梨子也用開朗的語氣說話，冰冷的氣氛又漸漸融化了。

在對話告一段落的時間點，我跟由梨子說完「我們會再來的」以後，為了不要阻礙他們做伸展運動和開會，便再次走到操場一角。

還以為要直接回家，由梨子卻說：「我要跟美雪一起回家，你可以等一下嗎？」於是我點了點頭。

等待的期間，由梨子撿起滾到附近的足球，朝我踢了過來。是小學生用的四號球，上頭有用油性筆寫小學的校名。我們彼此穿著學生皮鞋，隨意地互相踢起那顆足球。

操場的泥土觸感、周遭的風景，和我以前在這裡的時候沒什麼變化，有種彷彿時光倒轉那樣奇妙的感覺。

在我對面踢著球的由梨子，她踢球的習慣依然完全一樣，但以前留短髮那時的由梨子，跟如今身穿制服的由梨子，實在無法聯想在一起。雖然她的腳沒有抬得很高，但是在踢球之際由梨子的裙襬搖曳，總覺得差點就要看見沒有曬到太陽的白皙大腿和裙下風光。當年跟由梨子互相傳球時，腦子裡也不可能會想那種事。

球撞上小石子稍稍向上彈起出了點意外，那時由梨子稍微抬起腳，忽然間一陣風吹過，接著她隨即用手壓住裙子。

我和抬起臉的由梨子視線相交，心急地垂下頭。

「笨蛋，不准看。」

「……是妳穿成那樣踢足球不好吧……」

我望著地面一說完，就有一顆強勁的球從我的視野之外飛了過來。反應不及的我小腿被打個正著。

「痛！」

我無意識喊了出來。臉一向上抬，只見由梨子用銳利的眼神瞪著我，咂了咂嘴。

我心想真是可怕的女人，唯有那是我從以前到現在都不曾變過的對由梨子的印象。

不消多久，美雪他們做完伸展，器材也收拾完畢了。我們三個人離開了小學。

我跟由梨子推著腳踏車，走在傍晚的住宅區道路上。即將西沉的紅色天空，飄浮著受到夕陽照射變成淡紫色的雲朵。

美雪起初是在跟由梨子對話之餘，用保持戒心的眼神看著我，但她後來似乎漸漸卸下心防，也跟我說了好幾次話。說她在小學的事，還有現在這支隊伍的事。

「再見，健一。」美雪在住宅區的轉角說道。似乎是因為由梨子叫我的名字，她也有樣學樣。

「嗯，再見。」

我用略溫柔的聲音回應，由梨子則用好似在看可疑人物的眼神一直盯著我看。

「再見了，幫我向阿姨問好。」而後由梨子也溫柔地揮揮手說。

美雪回了聲「好」，接著走進了離轉角很近的人家。

「那麼我們也回去吧。為了明天能全力奔跑，今天要早點睡喔。」

「嗯。」

我們在就要變得昏暗，影子開始被暮色吞沒之際的街角做了那樣的互動，隨後也就各自回家了。

☆　☆　☆

隔天是在我們學校操場辦的三校聯合練習賽。這陣子都一直是宛如盛夏，炎熱晴朗的天氣，但今天變回烏雲覆滿的梅雨天空，帶有濕氣的氣溫沒有那麼高，對於要踢兩場四十分鐘半場比賽的身體而言，實在是感激不盡。

在做好畫線、調整好球門位置的準備以後，我在置物處確認包包裡頭有沒有東西忘記帶了，結果察覺沒帶便當。與此同時我注意到智慧型手機的燈號正在閃爍，一看是和泉的來電。話說回來，我們還沒告訴對方郵件地址和社群軟體帳號。如果要聯絡的話，就只能直接打電話了。

我回電和泉——

『啊，健一。你忘記帶便當了喔。』

「我也是剛剛才發現。」

『要不要我拿過去？』

「不了，太麻煩妳了。我在超商隨便買點東西就好了，沒關係。」

『你不用在意，因為我也想去外面走走，我拿過去吧。』

拒絕那樣說的和泉感覺也很怪，所以就讓她拿過來給我了。

「……那不好意思，麻煩妳可以嗎？妳認得路嗎？公車姑且是有開到我們高中前，妳在那裡下車的話，我想應該就不會迷路……是叫『入澤高中前』的站。」

『那我現在就過去。』

「嗯。抱歉假日還讓妳跑一趟。妳不用急著過來也沒關係。」

『我明白了。到了以後我再打電話給你。』言畢，和泉便掛了電話。

除了我們以外的兩隊會率先進行比賽，正在操場上開始做熱身。

許多社員為了看比賽聚集在操場裡，我為了等和泉打來的電話，留在校舍旁的置物處。

我拿著手機，背靠牆壁，用類似抱膝坐的姿勢眺望在遠方操場上已經開始的比賽。足球比賽中特有的，交織怒號和叫罵那樣的粗魯指導聲甚至傳到了這邊。

第一場比賽的後半場大概到一半的時候，和泉打來了電話。

『我現在到了學校前。』

「謝謝妳。我去妳那邊，妳等我一下。」

結束電話裡的互動，當我起身朝著校門邁出步伐的時候，由梨子在置物處附近的水龍頭洗裝水桶，望向了我這邊。

「嗯？健一，你要去哪裡？」

「沒什麼。我今天忘記帶便當，有人幫我拿過來了。」

「該不會是那個親戚的小孩？」

「……是沒錯。」

「她現在來了嗎？」

我點點頭，由梨子便對我說：「我可以跟過去嗎？」

「為什麼？」

「前陣子你不是說要介紹給我認識嗎？我也想見見她啊。」

由梨子把洗好的裝水桶放在水龍頭下方，從短褲裡拿出手巾擦手。

「……我知道了啦。」

我一邊心想要說好機會也確實是好機會，一邊做出那樣的回答。我跟由梨子一起走向和泉所在的校門口。陰暗的天空下吹著帶有濕氣的風，連通到校門的柏油路兩旁那些樹木的葉子，搖曳著發出摩擦聲。

和泉在校門附近，腹地之外，雙手在背後交握站著。她會依照心情變換髮型，今天是在單耳的後方，把頭髮盤成像小小丸子那樣的髮型。

「是那個女孩嗎？」

由梨子凝望著和泉的方向。

「嗯。」

「哦～」

由梨子用像在評定的感覺眺望著在遠處的和泉。她身上穿著短袖T恤配上長裙。過了不久和泉好像也注意到了我們，她笑盈盈地揮動單手。

「抱歉，讓妳專程跑一趟。」

當人靠近時我向她搭話，和泉放下揹著的後背包，從裡面拿出用布包住的我的便當盒，說了聲「來，你忘記的東西」隨後把東西交給我。

「謝謝妳。」

「哪裡哪裡。」

在兩三步之外的距離觀看我們互動的由梨子，稍後走上前來。

「妳好。」

她笑容滿面地向和泉打招呼。

和泉一瞬間愣住了，即使如此還是說著「啊，妳好……」向由梨子打了招呼。在我想著我非得介紹她們認識，正要開口的時候，由梨子開始了自我介紹。

「初次見面，我是健一的朋友森由梨子。妳是和泉里奈同學對吧？我從健一那邊聽說了。我小學、國中、高中都跟健一同校，就住在你們家附近。請多指教了。」

「——喔，原來如此……初次見面，我是和泉里奈。」

和泉戰戰兢兢地低下頭，讓我不由得想起我們第一次見面那時候的事。在如今跟由梨子打招呼的和泉身上，能感受到宛如當時那樣的生硬。我想她並不是那種極度怕生的人，不過從至今的樣子能夠猜測到，她是遇上第一次見面的人會緊張的類型。

「很抱歉讓妳假日來一趟。真是得救了。」

我從旁插了嘴。和泉抬起垂下的頭，重新對著我連連搖頭。

「不會。因為今天我們社團休息，我無事可做——那我走了，社團活動要加油喔。」

就在和泉那樣說完的時候，由梨子依舊笑容滿面地踏前一步。

「啊，我說和泉同學。如果方便的話，要不要看看比賽？馬上就要開始了。畢竟難得都跑來這種地方了。」

聽見這種話，和泉似乎在客氣而畏畏縮縮的。

「咦，可是……可以嗎？」

「嗯。一般來說監護人之類的人也會來看。完全沒問題喔。」

和泉瞥了我一眼。我什麼都沒說，她便面露笑容回答由梨子說：「那我就看一下。」

「ＯＫ。還有家長的位子，我替妳帶路。」

由梨子帶著和泉往操場的方向走。我目送她們兩人的背影，拿著和泉帶來的便當，回到了置物處。

☆　☆　☆

不久後，邀請過來的兩間學校之間的第一場比賽結束了。我拿著我們學校藍色和白色的隊服，做完熱身來到操場。

在監護人使用的帳篷中，和泉坐在邊邊的折疊椅上瞧著這邊。四目相交之際，她對我輕輕地揮了下手。

我也不知怎的，在做伸展的時候舉起了手。跟著我發覺周遭的社員目光都集中在我身上。「那是誰？是坂本你認識的人嗎？」當中一人對我發問，我只回答「是親戚」。因為並不是特別常跟我講話的人，所以沒有再被繼續追問下去，然而他們卻狐疑地輪流看我跟和泉好一陣子，讓人覺得很不舒服。

做完熱身，一到比賽時間，先發選手在球場旁排隊，讓擔任評審的一年級生確認用具，之後再進入操場。

兩支隊伍隔著中線互相打完招呼，組成圓陣之後散開，我到達中場的位置，在等待對方開球的時候，我不經意地望向和泉。

然後我由於意外的光景感到詫異。

和泉混在一群監護人的阿姨當中坐在折疊椅上，直到剛剛應該都還在板凳上的由梨子正坐在她身旁。她們兩人似乎在聊些什麼。由梨子笑瞇瞇地動著嘴唇。和泉用把手放在大腿上的姿勢，臉朝著由梨子那邊，一面點頭一面聽她說話。

——她們在聊什麼呢？

就在頃刻間，我的注意力全跑到她們倆身上的時候，比賽開始的哨聲響起。

周遭的選手一起展開行動。我回過神來，將視線擺回球上。

我在追逐足球動向的同時，環視整個球場，預測接下來的發展，站到適當的位置上。

我將她們兩人的身影趕出腦海，試圖集中在足球上。把握球場上時刻變化的狀況，接到球就往對手防禦薄弱的地方踢，抓到機會就發動進攻，到達能輔助我方傳球路線的位置上，奔跑著防禦支援上前的後衛。身體已經牢牢記住身為中場的比賽方式，今天仍然不變地持續著。

即使如此，但當球跑到球場外的時候，我還是非常在意和泉和由梨子的狀況。

☆　☆　☆

一路進行下來，包括前鋒踢進致勝的一分，和我踢出直接進球的定位球，以二比零結束了比賽。

雖說是陰天，但也是六月下旬，持續跑動一小時以上，大家都滿身大汗。渾身都是汗水與泥土的兩校選手之間進行了比賽後的致意，然後回到板凳上。

由梨子已經從觀眾席回來，她和橘還有其他一年級的板凳選手一起親手將裝了飲料的紙杯遞給從球場上回來的選手。

「來，辛苦了。」

由梨子在把兩隻手所拿的紙杯遞給我和附近的社員時說道。剛比完比賽，還氣喘吁吁的我，一口氣喝光由梨子給的、裝在紙杯裡溫溫的運動飲料，接著重重地吐了口氣。

我坐在板凳上，將紙杯丟進附近的垃圾袋裡。跟著拉下襪子、脫下護脛，讓悶熱的小腿能接觸到外界的空氣，我坐著伸長雙腳。接下來要休息一小時，之後再打一場比賽，這樣就結束這天的練習賽了。

「恭喜你拿到一分。」

我聽見猶如上司在誇讚部下的聲音。一往旁邊看，由梨子正要在我旁邊坐下。

「好久沒見你用自由球踢進了。隔多久了？」

「……大概是半年。」

「飛行路線很棒呢。那顆球的話，即使諾伊爾（註：德國知名足球運動員，擔任守門員）當守門員說不定也能進球喔。」

由梨子像在開玩笑似的說道。「再怎麼樣那也不可能。」我苦笑了下做出回答。

我們望著無人的操場，不經意地聊起那種事。大風吹過，在操場中央的塵土捲起漩渦。在潮濕的梅雨時節吹起的風，讓大汗淋漓的身體覺得很舒服。由梨子在我的身邊，喝了一口裝在紙杯裡的運動飲料。接著張口說：「啊，對了。」

「話說回來和泉同學，她說這場比賽過後就會回去。」

「喔，這樣啊。」

我望向和泉的方向。她正手拿隨身物品從折疊椅起身。或許是感覺到我們的視線，和泉看向這邊，微微笑著對我揮了手。

我也舉起手回應她，旁邊的由梨子也輕輕揮了下手。見到那種樣子，不知怎的感受到由梨子似乎跟和泉變得親近了。之後和泉便朝著校門走去。

「——和泉同學她很享受比賽喔。她說是第一次現場看足球。」

「哦——」我出聲附和。隨後我問了件一直很在意的事。

「——剛剛妳跟和泉在聊什麼？」

「喂。」

由梨子直盯著和泉的背影，沒有回答我。

「……那是祕密。」

我語帶催促地對她講，她則是低喃說道。

「啥？」

「就說了是祕密。跟健一你沒關係吧。」

「那什麼意思啊。」

「你很煩耶。我並沒有說你的壞話，或是丟臉的事喔。」

由梨子說完就從板凳上站了起來。

「我肚子餓，去吃便當了。」

她飛快地走向置物處。

「什麼嘛。」

她搞得神神祕祕，讓我有點煩躁而喃喃自語，接著我做起伸展運動，直到適當的時機再前往置物處。

足球社是有二十人以上的大家庭，就像是班級那樣，由好幾組人構成。

我跟長井，還有其他幾個會稍微聊一下的社員，以及目標是長井的橘一起，占領了校舍露臺的陰涼處，我品嚐著和泉送來的便當。由梨子在有點距離的地方，跟其他組的二年級生們一起吃便當。

「喂。」途中長井向我搭話。

「坐在帳篷裡的女孩，是你的女朋友？」

周遭的男生以及在長井旁邊的橘，都像是豎起耳朵似的做出震了一下的反應。

「——不，她是親戚的小孩。」

我一面想著「親戚這種關係還真是方便」一面做出回答。

「哦~她很可愛呢。」

「嗯……」

和泉的確不管髮型也好，服裝也好，樣子給人楚楚可憐的印象，縱然是遠觀，我想也有引人注意的地方。或許是聽見了我們的對話，喜歡長井的橘「唔」的一聲蹙起眉頭。大概是對於長井稱讚其他女生感到不滿吧。

「坂本學長的親戚為什麼會來看比賽？好像還跟森學姊聊天。你們是什麼關係？」

橘用一副不太高興的樣子問我。

「就說了她是我的親戚。她跟由梨子是第一次見面喔。剛剛才見面。可能是在說些關於我的什麼事吧。」

橘跟我互相大眼瞪小眼。

「學長，你看起來很普通，跟女孩子的關係卻意外很花呢。跟森學姊之間也有點古怪。」
「一點都不怪。真是的。」
「當真如此嗎～？」
橘瞇細雙眼，用似乎不太能接受的語氣說道。
我忽視她的言語，扒起我剩下的便當。
「她住在這一帶嗎？」
長井說道，飯噎著我的喉嚨了。
我連連咳嗽，急忙喝下水壺裡的水把米粒吞下去。
「咦？你說和泉嗎？」
「哦——她是和泉同學啊。」長井說道。
「嗯。」我點了點頭。至於和泉的住處我只回答「就在附近」便把話題帶過了。
我想萬一提到「告訴我聯絡方式」之類的話題就麻煩了，不過長井沒有說到那份上。我想只是「發現路旁有個可愛女孩」那樣子的閒聊級別對話罷了。
我吃完便當用布包起來，收進包包裡。
還有一場比賽。還沒有覺得很累，大概能夠跑到最後。我稍微伸展了下身體，把新鮮空氣送進肺裡。

我忽然感到刺眼，不經意抬頭一看，只見覆蓋天空的雲朵出現了縫隙，陽光從那裡射入，在操場上拉出一條亮光絲帶。

☆　☆　☆

在太陽開始西斜的下午三點左右，這天的第二場比賽結束了。

果然因為連續比賽，大家的動作遲鈍，演變成互相守備的一場比賽。以零分平局結束比賽。

我在第二場比賽也全程出場，比賽結束後雙腳像灌了鉛一樣重，由於長時間穿著釘鞋的影響，腳也變得很緊繃。

我心想這下子今天晚上腳應該會持續痠痛，比賽過後就在板凳旁按摩雙腳。

之後則是做些緩和運動和整理操場，社團活動解散後我換上制服，跟由梨子一起騎腳踏車回家。因為很累自行車騎得很慢，由梨子還對我咯咯笑說：「健一，慢吞吞。」

「我可是踢了兩場比賽。」

「你現在好像變弱很多呢。」

由梨子嘻嘻笑道。在緩緩騎著腳踏車前進的我們附近有車子經過，輕舞的風讓由梨子的制服裙子搖動了一下。

不久之後我跟由梨子道別，終於在午後近傍晚時回到了家。

「歡迎回家。」

一進入客廳，獨自一人坐在桌子前閱讀文庫本的和泉抬起臉來。

「我回來了——媽媽她人呢？」

「跟鄰居的朋友去喝茶了。」

「這樣啊。」我這麼說，放下了社團活動用的運動提包，把襯衫解開兩顆鈕釦，坐在和泉對面的椅子上。

比了兩場比賽，果然身體覺得相當疲憊。每個關節都在痛，整體上來說雙腳很痠，還能感受到令人意識模糊的睡意。

「健一，要喝點東西嗎？」

「啊，好。」

和泉從椅子上站起來，自冰箱拿出柳橙汁，在玻璃杯裡放進冰塊，說了聲「請」遞給了我。

我道謝之後接過玻璃杯，坐在桌子前咕嚕咕嚕喝下又甜又冰涼的果汁。冰塊撞擊玻璃杯發出的喀啦喀啦聲，在開始變得昏暗的客廳裡輕聲作響。

「今天妳有拿便當來真是幫大忙了。感謝妳。」

聽我這麼一說，和泉泛起微笑，輕輕搖了頭。

「沒什麼。我看了比賽很開心喔。健一踢進了一球呢。」

「嗯。我好久沒有踢得那麼棒了。」

我說著又喝起了柳橙汁，酸味滲透疲憊的身體。接著我吐了口氣，也開始問起和泉那件事。

「今天比賽的時候妳跟由梨子在一起，是在聊什麼呢？」

和泉面有難色，隨後嘿嘿笑了說：

「那是祕密。」

又來了，我心中暗想嘆了口氣。

「由梨子也那樣對我說。」

這麼一說，和泉便面露惡作劇的笑容說：「女孩子有女孩子的祕密。」

就在我們聊那種話題的途中，我喝完了柳橙汁，為了沖澡而從椅子上站起來。和泉也為了要準備去買晚餐食材之類的，回到了房間裡。

我進入浴室，從頭開始沖個冷水澡。冷水從頭上像在畫螺旋那樣流到腳邊，由於運動過在發熱的肌肉冷卻了下來。

——不過那時候，她們兩人究竟在聊些什麼呢？

果然還是很在意。她們在比賽當中似乎聊了頗久，是她們倆很合得來嗎？雖然我完全沒有頭緒，但說到她們兩人的共通點大概就是我了，我想她們多半是在聊關於我的什麼事。

我從頭上沖水，一閉上眼睛，腦海中就會浮現兩人在帳篷裡談論些什麼的身影。

洗著冷水沖掉汗水和泥土，身體變得相當暢快，不過在心底似乎卻還沉積著某種令人煩躁、無以名狀的東西。

——即使住在一起，即使相識十年以上，理所當然的，有關和泉也好，由梨子也好，她們有什麼樣的心思、是怎樣的性格，我只能得知其中的一部分。

那麼一想，就感到了一股似是寂寞、又似是空虛的心情。關上了水，能隱約聽見街道上的聲音自遠處傳來。

第四章　在她的房裡

練習賽過後幾天，這天從學校回家過了一會兒對講機響了。我從房裡走下來到一樓客廳，一看監視螢幕，就看見身穿牛仔褲搭黑色POLO襯衫，手上戴著一只銀色手環的輕浮男型知識分子哥哥在那兒。

這麼說來，他曾經說過「偶爾會來玩」之類的話呢，我在回想的同時打開門，哥哥進到了家裡。

「叫里奈的女孩在哪裡？」

進入客廳的哥哥那樣問我。在我回答「她還沒回來喔」之後，他就露出深表遺憾的表情，所以我想他今天主要的目的是來見和泉的吧。

哥哥手上提著塑膠袋。當我一問「那是什麼？」，他便回我「是食材」。

「久違地想說做飯給你們吃，我可是選了高價食材喔。」

哥哥放在桌子上的塑膠袋中，有義大利麵跟番茄罐頭。他在大學生時代，據說有在義式餐廳

打工過，很擅長做義大利菜。

哥哥一洗好手，很快地就在廚房開始製作沙拉跟肉醬。菜刀動作的聲響和炒絞肉的聲音響遍客廳。過了好一陣子，之後只剩下煮義大利麵，可是和泉還沒回來，於是我們坐在沙發上，為了打發時間用電視玩起足球遊戲。

哥哥跟我同樣受到爸爸的影響有在踢足球。雖然實際上比賽並沒有那麼厲害，但是他一直到高三都有參加社團，現在似乎還會踢室內足球。

然後在過了九點的時候，我聽見了喀嚓一聲玄關的門打開的聲音。因為沒有聽到車子的聲響，多半是和泉吧。

「我回來了～」一如所料，我聽見了已經聽慣的、帶著些許疲勞感的，和泉回到家的聲音。

在拖鞋的響聲之後，客廳的門開了。穿著奶油色背心，深藍色底紅格子裙的一身制服裝扮的和泉進到了客廳。

她看見坐在沙發上的哥哥，「啊」一聲張開嘴巴，整個人定格住了。

哥哥停下手，露出一記微笑。

「初次見面，我是健一的哥哥隆一。請多指教了。」

那樣做完自我介紹以後，和泉儘管有點僵硬，還是急忙點頭道。

「初次見面，我叫和泉里奈。曾經聽健一說過很多關於你的事。」

「原來如此。」

哥哥笑笑地跟和泉對話，同時斜眼看了下我，輕聲地、像在捉弄我那樣說：「她叫你健一呢。」感覺他好像在胡思亂想什麼，很煩人所以我選擇忽視。

「里奈，妳會吃晚餐對吧？今天是我煮的。等我一下下喔。」

「好的，我就在想是什麼味道很香呢。你在做什麼呢？」

「番茄肉醬麵還有凱薩沙拉。不論沙拉醬還是義大利麵醬，都是親手製作。」

哥哥的社交能力果然很強，連跟我互相對視時會緊張的和泉，也是才交談幾句，表情就已經變得柔和了。不惜強硬一點引導對話的方式和語氣的輕鬆感，能讓人產生容易親近的感覺吧，我在思考著這些事的同時，坐在沙發上眺望在廚房把半成品料理秀給人看的哥哥，跟身穿制服的和泉背影。見到哥哥跟和泉並排站著，我的心底不知怎的萌生出不悅的心情來。

我都還叫她「和泉」，阿隆卻劈頭就叫她「里奈」。那也讓我感到不滿。

——自己思考著「這該不會是嫉妒吧？」，但隨後又急忙否定自己的想法說「怎麼可能」。

在我試圖讓心中些許的喧囂沉靜下來時，哥哥輕佻的聲音傳進耳裡。

「喂，里奈，妳叫我一聲『哥哥』試試。」

「咦，咦！」

這個輕浮男突然說些什麼話啊。

和泉也露出似乎很訝異的神情用手遮臉，感到很困擾。那是如果由梨子看到，會說是「做作女」的動作。可是和泉的狀況跟橘不一樣，沒有特定的目標，我想她大概是自然而然就表現出這種動作了。

「和泉，妳忽視他就行了。這個人會開那種玩笑喔。」

我的聲音傳到感到困擾的和泉那裡。

「咦，是在開、開玩笑嗎？」

和泉的目光在我跟哥哥之間來回往返，依舊語無倫次地開口道。如果是認真的也太可怕了吧，我在內心吐嘈和泉。

哥哥看到那副樣子，就邊道歉邊笑著說：「抱歉、抱歉。」

「我沒有想讓妳困擾的意思，因為我身邊沒有年紀比我小的女孩子，所以對於那種玩法很有興趣，想試個一次。」

「玩、玩法？」和泉口中唸著，陷入了混亂似的歪起頭來。見到阿隆用這樣的言行舉止對她，我想打消心中對於優秀哥哥尊敬的念頭。雖說腦袋跟下半身是分開的，但我還是會想莫非阿隆真的是個笨蛋嗎？

「阿隆，別對和泉說那種話。」

我傻眼地盯著哥哥看並說道，「啊哈哈……」和泉則是露出感覺不知所措的笑容。

「那、那個，我今天參加社團活動流了很多汗……能讓我換件衣服嗎？」

「啊，好。等妳喔。捉弄妳真是抱歉。」

和泉說了聲「不會」，流露出似乎放下心來的笑容，啪噠啪噠地像逃走般離開了客廳。

啪的一聲，客廳的門關上，寂靜隨之降臨。我朝說了一聲「很好」然後重新開始做菜的哥哥背後拋出了話語。

「和泉是個很認真的女孩，所以你別太捉弄她了，那可不好。」

「哎呀～看到那種女孩，忍不住就想捉弄她。因為反應很可愛嘛。」

瓦斯爐的火開著，他依然用愉快的口氣說道。我心想「這傢伙沒救了」，深深地坐進了沙發裡頭。

咕嚕咕嚕熱水沸騰的聲響響徹整個客廳。哥哥把一整把義大利麵丟進鍋裡。過了幾分鐘後，煮義大利麵之際的暖意，還有帶著一絲甘甜的氣味，飄散在整個客廳裡。

等和泉回來之後，哥哥已經把三人份的菜餚擺放在桌上了。換上家居服散發淡淡肥皂香氣的和泉，看到那些大聲說道：

「哇，看起來好好吃。」

「對吧～？趕快吃吧。健一，就坐。」

我跟和泉兩人並排坐下，哥哥面向我們，坐在媽媽常坐的位子上。

不愧哥哥那麼自信滿滿，他的料理果然很好吃。和泉也說出「很好吃」的感想，「非常感謝」哥哥面露微笑說道。

哥哥開始用餐以後，跟和泉聊了一會兒天，但在到一個段落時，他用若無其事的語氣問說：

「媽媽最近很晚回家嗎？」

「大概十點左右。最近也經常會超過十二點。」

「這樣啊。」

他說著給自己的杯子裡倒了水，只喝了一口。

「工作很忙碌呢。」

「好像是呢。但是她很享受那樣的生活喔。她沒有發牢騷，也沒有露出疲倦的神色，跟和泉說話的時候也好像很開心。」

「是喔～」

雖然他是總帶著一臉輕佻笑容的輕浮哥哥，但到剛剛為止，在說關於媽媽的話題時，他的表情很認真，直到對話結束後我才發現。

我剛剛一直隨意回應他，但當察覺到那件事後我大吃一驚，視線再次回到他的臉上。然而他現在已經在望著和泉的笑容，用輕浮的語氣對她丟出「妳有什麼興趣啊？」的話題。

吃完飯後，我們收拾好餐具，將媽媽的份用保鮮膜包起來，然後喝著麥茶繼續開始玩遊戲。

「啊，你們在玩遊戲嗎？」

當我跟哥哥兩人並排坐在沙發上撿起搖桿的時候，和泉如是說。

「嗯。是足球遊戲。里奈妳也要玩玩看嗎？」

「可以嗎？」

哥哥提議之後，和泉帶著雀躍感說道：

「我沒玩過電視遊樂器的遊戲。」

「哦～那可真是稀奇。妳們家管得很嚴嗎？」

聽哥哥這麼說，和泉搖了搖頭。

「並不是那樣，是我提不起什麼興趣。如果是用手機玩益智遊戲的話，倒是有稍微玩過一點。」

這樣啊——哥哥操縱著搖桿，回到選擇隊伍的畫面。

「我跟里奈來場比賽。健一你教她操作吧。」

「好啊。」我應允道，並把搖桿交給了和泉。哥哥讓和泉坐在沙發上，自己席地而坐，我跟和泉並排坐在沙發上。

和泉連連點頭聽我講授簡單的操作方法。

我替她選了一支勁旅，刻意聚集狀態優秀的選手選好陣形。然後開始的第一場比賽，果然完全是為了服務和泉的比賽。

「真強，里奈好厲害！」

哥哥完全是存心不讓後衛去球那邊，離球很遠。朝著球門一直線向前，讓一名選手進行連馬拉度納（註：阿根廷傳奇球星，有「世紀球王」、「球場上帝」的暱稱）都會吃驚的超長距離盤球。

「啊，啊，健一，射門是在哪裡？」

和泉操控的選手突然在罰球區裡停了下來，她語速很快地問我。坐在旁邊的和泉發出的聲音害得我耳朵癢癢的。

在持球的選手周遭，自動行動的對方選手散亂地聚集過來，但哥哥拚命操控讓他們全都貫徹服務精神，不接近那裡。

「是方格鍵。」我說。

和泉的雙眼離開螢幕，「呃」了一聲找了一下按鍵，跟著——

「嘿。」

不熟練地按下了按鍵。

在離球門很近的距離用自由球踢出的射門，球網理所當然會搖晃。實況轉播大喊「進球——！」和泉也用出人意料的高漲情緒喊了聲「太好了～」，很開心想跟我擊掌而伸出了手。從短袖T恤的衣袖之間能看見腋下和內衣的白布，儘管為她的毫無防備嚇了一跳，我依然舉起手跟和泉互相擊掌。

「哇，被擺了一道～」

哥哥也許是想要炒熱氣氛故意開口說。我則是用白眼一直看著做出誇張反應的哥哥。要不是兄弟，我絕對不會跟這種人來往——我再次有了這種念頭。

☆ ☆ ☆

我們三人玩了三十分鐘左右的遊戲，之後和泉說要打電話給媽媽，就回自己房間去了。我和哥哥一起前往二樓的房間。

「哎呀～真累人。」

進房以後，一直以服務精神玩遊戲的哥哥在床上坐下說道。我坐在跟他面對面的書桌椅上。

「和泉那麼興奮的樣子，我可能是頭一次見到。」我低聲道。「是嗎？」哥哥聞言，似乎頗感意外地回應。

「我覺得她現在還是處處顧慮著。但比起剛開始的話，最近似乎已經習慣多了。」

「這樣啊。不過環境突然改變她也認真地去適應，很了不起呢。」

「嗯。」我點了點頭，哥哥望著我說：

「但是你好像也相當努力嘛。」

「咦？」

「你跟那女孩相處得很融洽。你是非常怕生的人對吧。我還擔心你會不會忽視里奈，讓家裡氣氛變得很尷尬，不過看見你們有在好好交流真是太好了。」

「……那是自然而然的。我並沒有積極找她說話，反倒是和泉經常向我搭話。」

「原來如此。嗯，總之你們能好好相處那就最好了——但是你真的都沒有一點性衝動嗎？這話題滿嚴肅的。」

他是真的在認真問我。我在想對這個人來說究竟什麼是嚴肅的話題。

「並沒有喔。」

「……那樣馬上回答，可反倒讓我擔心你其他方面了。你身為一個男人真的沒問題嗎？」

「又不是每個男人都像阿隆你一樣。」

我面帶苦笑敷衍過去，老實說並不是沒有過那樣的瞬間。在和泉洗完澡以後進浴室的時候，起初要抑制不良的妄想相當辛苦。

為了避開繼續聊和泉的話題，我重新在椅子上坐好，換了個話題。

「話說，爸爸的忌日要去掃墓，媽媽說要來的話，就把行程排開。」

等我說完，哥哥就「嗯」一聲點點頭，低聲說：「已經到這個時期了啊。」

爸爸是去世在三年前，我還是國中二年級那時的八月。直接的原因是為了出席研討會在搭飛機的途中腦梗塞發作。

爸爸出版許多專業書籍，偶爾也會在報紙上寫時事評論，但並沒有世人所稱的名嘴那麼知名，是個顏值與知名度都很平凡的私立大學教授。

不過有一次他上電視，對當時引發話題的社會問題發表言論，一時之間，遭到與他意見相左的人們激烈的責難。據我從媽媽那邊聽說，似乎並沒有非常激進，也沒有造成實際上的受害，可是當時爸爸的身心都感受到很沉重的壓力。

事到如今，雖然不清楚明確的因果關係，但我想那對原本就感覺有高血壓的爸爸的健康狀態帶來了不少影響吧。

我們在父母出身的鄉下城市，親戚和爸爸年輕時代的朋友齊聚一堂舉行了葬禮，骨灰安放在老家的墳墓，而回到這個家的那一天，現在成為媽媽工作間的爸爸的書房，裡頭的藏書由哥哥像螞蟻那樣慢慢搬回自己的房間去。現在成為我房間裝飾的書幾乎都是當時的一部分。

從那之後到離開家裡的一年之間，哥哥在家裡的時候一直在看書。簡直就像要把爸爸的藏書都納進自己腦中。吃飯期間也是書不離手，還是國中生的我甚至擔心他是不是發瘋了。幾乎每天他帶的書都不一樣，除了日文、英文，連法文的書都有（哥哥當時是法文系的）。他用驚人的步調，剷平爸爸所留下、有如一面牆的書山。在那之前我就認為他是個很優秀的人了，但是當時他的集中力讓我甘拜下風。

那之後過了兩年，離家的哥哥突然報告自己通過研究所的考試，並且對媽媽說了升學計畫。以媽媽的角度來考量，想阻止選擇跟父親同樣生存之道，走上這個方向的兒子，那種心情很強烈吧。升學念文組研究所，就很有才能的人而言，稱不上是明智的選擇，媽媽告訴哥哥希望他就這樣去一般企業上班，但是哥哥不聽，強行決定了自己的前程。

「阿隆你想升學念哲學，果然是受到爸爸的影響？」

聽我這麼一問，他輕笑了下。

「雖然我想說不是，不過要說一點關係也沒有就太勉強了吧。但是我一直對思想方面很有興趣喔。念高中的時候也有偷偷讀柄谷行人（註：本名柄谷善男，為日本當代頗具分量的思想家）或吉本隆明（註：知名日本左翼思想家、評論家）之類的。」

「為什麼要偷偷的啊……」

「就是覺得很難為情啊。感覺會被吐嘈說你是幾十年前的學生啊。我喜歡獨自一人讀書，有假裝很懂的傢伙插嘴也很煩人。」

「是喔~真意外。你也有那一面啊。」

「……你是怎麼看我的啊……」

「輕浮男。」

話聲剛落，哥哥就笑得很燦爛說：「混帳傢伙。」就他而言，儘管用語粗魯，但他的講法很坦率，笑容也相當爽朗，所以不會給人不好的印象。就是這種感覺才會受人喜愛吧。然後我的腦裡，回想起剛剛他跟和泉說話親暱的樣子，又再次感受到當時那種不明所以的心痛感。

不久後，哥哥從坐著的床上起身。

「那我差不多該回去了。我有本非得在這個星期看完的書。」

「喔，嗯，我知道了。」

我們離開房間前往一樓，走下樓梯時和泉也從房裡出來。

「隆一哥，你要回去了嗎？」

和泉對快步下樓，在玄關前穿鞋子的哥哥說。他一如往常，用似乎完全沒有思考什麼複雜深奧的事那樣輕浮男般的開朗表情答了聲「嗯」。

「我還會再來玩的。放暑假大家一起出去玩吧。我有駕照，可以帶你們去很遠的地方喔。」

「真的嗎？我很期待。」

和泉很高興地回覆哥哥的提議。光這天晚上的時間，和泉就徹底對他卸下心防了。我暗想她真的是個破綻百出的女孩。

我們並排而站，在玄關目送穿上鞋子的哥哥。

「再見啦，里奈、健一。」

「嗯。」

和泉微微揮動在臉旁邊的小手，我也舉起了單手。在離開玄關的前夕，哥哥他跟我對上視線說了句「下次見」，並且投以輕佻的笑容。

門啪的一聲關上了，寂靜頓時降臨。我跟和泉抬起的手放了下來。

「……總覺得家裡變得冷清了呢。」和泉凝視著玄關的門說道。

「是嗎？」當我反問，和泉的雙眼便似在窺探那般望向我。

「欸，健一，我想再玩一次遊戲。」

「就這麼辦吧。」

我點點頭，跟和泉兩人一起前往客廳。啟動遊樂器，並排坐在沙發上。在安靜的家裡，響起遊戲熱鬧的聲音。

我教和泉如何操控，並且像哥哥那樣跟她玩服務性質的比賽。握著搖桿的和泉，就像是收到新玩具的孩子那樣，對於第一次玩到的電視遊樂器遊戲似乎相當著迷。我有點擔心對於據說接受優秀女子高中教育的和泉來說，我們家粗線條的生活環境會不會給她帶來什麼不良影響。

☆　☆　☆

之後媽媽回到家，我收拾好遊樂器，和泉則將哥哥做的料理放進微波爐。

「剛剛阿隆來了喔。」

「是喔。」

我告訴媽媽哥哥有來的時候，她把隨身物品放在沙發上含糊地答了一聲。她以往都很在意哥哥的事，這回的反應意外冷淡。

「晚餐也是那個人做的。」

「哦——」媽媽發出聲音在餐桌就坐，喝起和泉泡的茶。

稍後和泉從加熱完畢的微波爐裡拿出盤子，說了聲「請用」遞給媽媽。

「謝謝，里奈。」媽媽露出在我們家人當中，只會對和泉顯露出的燦爛笑容回應她。那之後她便平淡地吃著哥哥做的晚餐。看不出來她覺得好吃還是難吃。

後來和泉回自己的房間，我則是打開電視隨意看些播放的新聞節目。跟著媽媽向我搭話：

「健一，來一下。」

「你跟那傢伙聊了什麼？」

媽媽似乎是吃完晚餐了，她把叉子放在空盤子上，拿著茶杯面向我這邊。

「聊了什麼……──算是滿多事的吧，阿隆的目的好像是來見和泉啦。」

「那傢伙沒有講奇怪的話吧。」

「我想相對起來算沒問題……」

我回想方才哥哥的言行說道。沒有講性質惡劣的黃色笑話，應該沒有什麼特別不妙的事。

「相對啊……」

媽媽好像是放下心來，傻眼地嘆了口氣。接下來我就簡單地說明了一下他來以後發生的事情。

「關於阿隆的事，我有跟他聊了一下。像是為什麼要上研究所，還有現在的課業狀況如何等等。」

跟著媽媽「喔」了一聲，她神色嚴肅地開始發表意見：

「隆一說要升學的時候，我確實是強烈反對……那傢伙明明就是個笨蛋，卻只有腦子聰明，想必是充分具備以學者為目標的資質吧……近來大學的工作也少了，是相當嚴峻的世界，不過包含在公司上班的選項在內，只要是那傢伙肯定能做得很好。」

「不過呢……」媽媽喝了口手上的茶水，接著繼續說。

「隆一他是經常會跟人起衝突的孩子。那點令人擔心。」

「……妳是指吵架嗎？」

「不是那樣，是物理上的。小時候跟他一起去購物、一起去圖書館的時候，他會繞來繞去四處亂跑，堵住了別人的去路給人家添麻煩。簡單來說，就是沒辦法眼觀四周的孩子。只會考慮自己眼裡的世界，別人有可能會從旁邊或後面經過這些他都沒考慮過。有好幾次他跟大人撞個正著，因為摔了個狗吃屎嚎啕大哭。」

說著那番話的媽媽，透露出似乎帶著一絲懷念的淺淺苦笑。想像著那種場面，我覺得那很像是阿隆的作風。因為年齡有差距，所以我不知道哥哥小時候的事，但他的確是給人活潑又四處亂跑的感覺。

「說不定就是因為這樣，阿隆的足球才踢得不好。因為那種運動講究的不光是技巧和體力，其次還需要有感應他人如何行動的感覺。」

我半開玩笑地說，媽媽也點點頭說：「或許吧。」

「看到現在的隆一，該說是江山易改本性難移嗎？那方面的危險度還是完全沒變呢。那孩子從小出門去人潮眾多的地方時就是那樣了。所以總是覺得有點不安。但願今後他不會跟誰起衝突結果被弄倒就好了。」

「的確，感覺他跟女性之間的關係很不妙。」

我隨意說了句，媽媽便用手扶額，深深地嘆了口氣。

「要能讓他試試被刀刺一次就好了。」

聽見她回以一針見血的辛辣話語，我只能做出「嗯——」這樣曖昧的反應。

「——不過關於那一點，健一你就會好好觀察周遭，是會將自己擺在不會給人帶來麻煩的位置上的孩子。雖說怕生卻很穩重，比起隆一容易照顧。」

我很久沒跟媽媽像這樣聊這麼多話。總覺得打從和泉來了以後，連跟她的存在本應沒有關係的環境也開始起了奇妙的變化。話題告一段落，我從椅子上站起來。

「我先回一下房間。餐具妳放那邊就行了。我晚點會洗。」

「這樣啊。那就拜託你了，我去洗個澡要睡覺了。」

「辛苦了。」

說完我就離開了客廳。

打開和泉規規矩矩關掉的樓梯電燈，這一帶頓時便充斥著暖色系的光輝。爬上樓梯以後，隔著和泉房間深咖啡色的門，傳來好似打開衣櫃的輕聲。現在也快要晚上十二點了。要花上一個半小時上學的她必須早起。她已經鋪棉被要睡覺了吧。從二樓走廊上的紗窗，微弱地吹進一陣略感清涼的風。

☆☆☆

從哥哥造訪的那一天過了幾天後，到了星期日。

我從下午一點到四點結束社團活動之後，獨自一人回到家裡。總是跟我一起回家的由梨子，今天因為家裡有事沒來社團。

這個季節白天很長，過了下午四點的天空依舊很亮，帶著猛烈暑氣的陽光，傾瀉在這個城市。

出了學校在國道旁奔馳，路過位於住宅區一角的公園時，一名綁著馬尾的女孩向我迎面跑來，她穿著一件粉紅色慢跑服，配上黑色短褲。

才覺得有種似曾相識的感覺，結果原來是和泉。她綁的位置比較高，是跟平時的氛圍不同的馬尾，所以猛然一看沒認出來。

「健一。」

和泉似乎也發現到我了，她當場停下腳步向我搭話。我也握住腳踏車的煞車，停在她附近。

「你現在才回來嗎？辛苦了。」

她在微微喘氣之際笑著問了我。我點了點頭，下了腳踏車。

靠近一看，我發覺和泉所穿的粉紅色運動服是很貼身的緊身型，很明確地強調她出乎意料玲瓏有致的身體曲線。我問了下：「和泉妳在運動嗎？」

「嗯，因為時間有空閒，也兼當散步。我想繞繞這附近的路。」

和泉一邊從口袋裡拿出手巾擦額頭的汗一邊說。

當我答了聲「原來如此」後，和泉望向我的背後，開口「啊」了一聲。

「是愛子。」

一回頭只見先前看過，那個叫星野同學的女孩，帶著咖啡色小狗在混凝土的步道上步行。是四腳短短，踏著小碎步的小型犬。

和泉揮手呼喚星野同學。她身著丹寧材質的迷你裙搭上白色T恤，背後揹著一個布背包。

走路心不在焉的星野同學抬起了臉，或許是因為發現和泉，她的表情趨為開朗，隨後立即和在旁邊的我視線相對，忸忸怩怩了起來。

她接近我們並且有如在窺看我那樣仰望道：「那個，之前我們見過面吧？呃……」

看樣子她忘了我的名字，「我叫坂本。」於是我再一次報上姓名。
「是、是是的，對不起。」
儘管我想就那麼一瞬間的問候，要記住名字很困難吧，但星野同學仍是慌張地低下了頭。
「不，沒關係。」
總覺得讓對方困擾反而很不好意思，我把手放在後腦杓。我想可能是因為經常有人說我的說話方式和表情很冷淡會讓人害怕，所以我盡可能用柔和的語氣說話。
和泉苦笑看著我那副模樣，她屈膝蹲在星野同學腳邊那隻乖乖坐下的小狗旁邊。
小狗用「這個人是誰？」那樣愣愣的眼神望著和泉，但卻沒有要吠叫或是失控的樣子，是讓人覺得很有教養，似乎很聰明的小狗。
「可以摸嗎？」
和泉開口詢問，星野同學嗯一聲點了點頭。
她緩緩伸出手摸摸小狗的頭。似乎很習慣人類，小狗保持很親近人的樣子，任由她擺布。
「這孩子叫什麼名字？」
和泉摸著小狗問道。
「史黛拉。是三歲的公狗。」

「叫史黛拉啊～真是時髦的名字呢。」

史黛拉也許是被和泉摸得很舒服，牠漸漸瞇細了眼睛。

「為什麼叫史黛拉？」

我只會聯想到同名的輕型小客車（註：指速霸陸的Stella車款），於是如此問道。

「呃，這在義大利語中是星星的意思。因為我的姓氏是星野。」

「喔，原來如此。」

我開口附和，隨後和泉蹲在地上摸著史黛拉的頭問：「妳現在在散步嗎？」

「是的，牠喜歡這個公園。」

星野同學看著公園的方向說。這個公園相當廣闊，而且整理得很漂亮，也很多人會利用來慢跑或者散步。

「欸，我可以一起散步嗎？我還沒進過這個公園。」

和泉起身如是說。似乎是受她的動作牽動，史黛拉細長的鼻尖向上抬起。

「啊，嗯，好喔。」星野頷首道。

我還沒見過和泉跟她的朋友在一起的時候會有怎樣的行動，所以，對於她們兩人會聊些什麼有點好奇。

「那個，我也可以一起去嗎？」

我開口一問，儘管星野同學感覺有些手足無措而靜止不動，但還是點了點頭。

☆　☆　☆

我把腳踏車停在停車場，跟她們一起進入了公園。

這個公園的構造有點奇特。水池並排在有草坪的運動場旁。似是圍繞著它們兩個那樣，鋪設了八字型的柏油路。步道旁種植著大棵的櫻樹和銀杏樹，現在這個季節枝葉繁茂，步道上撒滿穿過樹葉染上些許綠意的光芒。

我們三人走在步道上，每當史黛拉去嗅旁邊植物的氣味，我們就會停下腳步，等牠再次往前走。

除了我們以外，步道上還有好幾個人在慢跑。周遭樹木的樹根處有幾隻小鳥在啄食些什麼。星野同學跟和泉邊走邊聊關於學校的事。可能是她們的朋友或老師吧，不知道的名字滿天飛，和泉的語氣和在家裡與我、媽媽說話那時幾乎一模一樣。

我走在她們後頭，史黛拉有時會回頭，用不可思議的眼神望著我。用好像很想說「這個人為什麼跟過來了？」那樣的眼神，每當看到的時候我就會掛起苦笑，接著牠就會可愛地擺架子轉頭望向前方。

在公園深處水池的周遭，有好幾座涼亭。我們為了休息，進入了其中的一座。

面向水池的木製扶手上，掛著「請不要餵食鯉魚」的招牌。然而當我一靠近水池，感覺顯然在期待食物的鯉魚，大量啪噠啪噠地聚集過來，從水面露出臉來。

「總覺得看起來好像喪屍。」

來到我隔壁的和泉俯瞰鯉魚那樣說道。鯉魚確實是有如喪屍那般雜亂吵鬧地聚集過來。水池裡有幾隻水鳥，而且還有烏龜在游泳。

星野同學坐在大大的正方形木板凳上，她從布背包裡拿出水壺，開始喝起了飲料。史黛拉可能是散步累了，待在她的腳邊，整隻狗直到下巴都緊緊貼在地上，徹底進入小憩片刻的姿勢。

風一吹過，就能聽見周遭的樹葉搖晃得很大聲，由於有簇生的水生植物，看上去有些綠意的初夏池水水面，猶如一面鏡子倒映天空。

我跟和泉暫且靠著扶手，一言不發地望著暴動的鯉魚，稍後便在星野同學坐的板凳上並排坐下。

縱然仍聽見鯉魚發生啪啪啪暴動的吵鬧水聲好一會兒，但可能是因為看不見我跟和泉的身影了，於是靜下來了。

「星野同學，妳是從什麼時候開始跟和泉成為朋友的？」

為了打破沉默，我清清喉嚨這樣問，她聞言蓋上了水壺蓋。之後用戰戰兢兢、還很緊張的口氣回答了我的問題。

「國中部的時候我們就彼此認識了，但是去年才第一次同班，然後變得要好。」

「這樣啊。」我開口附和。果然星野同學跟和泉一樣，一直上同樣的私中。

「和泉在學校是什麼感覺？」接著我試著問了最在意的問題，隨後星野同學泛起一抹柔和的笑容說：

「很穩重、很時髦，很受班上的人歡迎。」

「沒有那種事啦。」

對於星野同學的回答，和泉苦笑著表現出謙虛，在家裡表現出的那種勤勞感，即使在學校也是一個樣，我想那肯定就是真的吧。

在那之後，我們再度陷入沉默，像是要傾聽葉子的摩擦聲，我們暫且坐在板凳上。接著突然之間，吹來了一陣潮濕的風。隨後太陽變暗，這一帶轉瞬間變得陰暗。

「啊，下雨了。」

池子的水鳥飛起，和泉像在喃喃自語般說道。

雨一滴滴地落下，我們所在地點的周遭天色暗了下來。本以為是雷陣雨，但雨勢並沒有那麼激烈。史黛拉對雨聲起了反應，嚇了一跳豎起耳朵，牠仍然俯臥在地上，只有頭突然抬起來而已。

「今天有說會下雨嗎？」

和泉仰望灰色的天空說。看了一下氣象預報的網站，似乎我們所在的地區有雨雲飄過來了。因為並不是很大片的雨雲，所以很快就會停了吧。

「大概只會下一陣子。有小片的雨雲飄過來了。」我答道。

「這樣啊。」

起身仰望天空的和泉坐回板凳上。周遭響著雨滴落在木頭屋頂或是水池裡的聲音。雨滴傾注在池子的水面上，無數的圓圈互相干涉，劃出複雜的漣漪。我們坐著凝望那景象。雨落在公園樹木上的聲響籠罩了這一帶。

「坂本同學跟里奈是親戚吧。」

不久後星野同學開口，向坐在她旁邊的我提問。

「啊，嗯。」

我點點頭，她用若無其事的語氣繼續發問。

「你家在附近哪裡呢？」

靜靜望著水池的和泉，忽然抬起頭來。

「呃——」

我支支吾吾尋思要如何回答，和泉則在一旁開口說：「那個啊……」

「——我之前說過搬家的地點，就是健一的家。」

「咦？」星野自然而然地脫口而出。

「可是，但是，之前……」

她一邊說一邊瞧著我，那種包含懷疑的視線，讓我覺得有點罪惡感，看樣子，和泉似乎還沒告訴星野同學我們住在同一個屋簷下的事。我覺得自己不能不說話於是張口道：

「那是我自作主張敷衍掉的。我想要說明原委實在很麻煩……對不起。」

其實不僅僅是那樣，我完全不知道星野同學是怎樣的人、她跟和泉的關係如何、她說不定會胡思亂想等等，也有很多這種我擅自揣想的部分。

「……那你們兩個人是在同居嗎？」

星野同學望著我們兩人問道。

和泉堅定地點了點頭。

「……你們是親戚對吧？」

「沒錯，親戚。今後暫且要受他們家關照了。」

星野同學雙手拿著放在大腿上的水壺，沉默了一會兒以後，面露笑容說：「真是的。」

「為什麼不早點告訴我啊——」

她的語氣中並沒有帶著怒氣，而是星野同學想用她自己的方式，結束這個話題那樣輕鬆的語氣。

「對不起啊，有點難以啟齒。」和泉也顯露調皮的微笑說道，我也從旁再次道歉：「對不起，做了多餘的事。」

「不過跟同齡的男生住在一起，就像是漫畫劇情呢。我也喜歡那種情景呢——啊，不過我並沒有對里奈你們有什麼奇怪的想像喔。」

星野同學說得有點情緒高昂，「哈哈哈」和泉發出了苦笑聲。

「妳喜歡漫畫嗎？」

聽我這麼問，星野同學有些難為情地點了頭。

「她很厲害喔。愛子她家有不輸健一家書架那麼大的書架，上頭排列著很多漫畫。尤其是男生跟男生的戀愛故事有一大堆……」

當和泉還要繼續說下去，卻聽見星野「哇──」地大叫。史黛拉嚇了一跳抬起頭來。

「那種事不能說啦──」

「咦？為什麼？妳之前不是說這是文學嗎？健一很喜歡看書，說不定你們會聊得來。呃，那叫什麼來著，BL……？」

「別再說了──！」

星野同學滿臉通紅，和泉可能是覺得莫名其妙而愣住了，又或者是震懾於星野同學拚命的模樣，「對、對不起……」和泉開口道歉，終止了話題。從話題發展我大致上明白了星野同學的嗜好，但和泉對於那方面的知識似乎是一竅不通。

我也假裝什麼話都沒聽見，抓抓頭望著水池喃喃道：「雨能不能趕緊停呢？」

國中直升高中的私立女中，就我來看完全是另一個世界，我根本無法想像那裡的生活，不過透過這些互動，總覺得窺見了和泉跟星野同學在學校是怎麼度過的。

約十分鐘左右雨就變小，緊接著停了。儘管天空還斷斷續續地有雲彩飄過，但四周已經亮起來了，陽光開始混進幾許夕陽紅暈。

雨停之後我們就離開涼亭走上柏油路，前往公園出口。下過雨的那些植物散發出的草腥味，連同悶熱感一起向上竄。

星野同學的家好像跟我們也是同一個方向，即使出了公園，我們仍一起走在住宅區的路上。雖然這一帶比較新的建築物很多，但在公園附近的道路，並排著好幾間感覺很有歷史的個人商店。有紅藍白螺旋轉個不停的招牌的理容院、在店前的玻璃櫃上放了收銀機的肉店、掛上文字斑駁脫落，浮現紅棕色鏽斑老舊招牌的拉麵店、店前的花盆裡種有花朵的磚造的麵包店、油膩膩紅色門簾很顯眼的居酒屋，每間都是經歷長年累月融入這一帶人民生活當中的小店。

穿過這條路，不消多久便來到了十字路口，「我們走這邊。」星野同學跟史黛拉一起停下了步伐。

星野同學指出的道路是個坡道。屹立在陡坡上的高聳鐵塔，電線往兩個方向彎曲延伸出去，那些鐵材受到夕陽影響，看上去呈現一片紅銅色。

「再見，里奈。」

「嗯，那就學校見了。」

和泉回道，之後她蹲了下去摸了下史黛拉的頭說：「再見了，史黛拉。」儘管史黛拉一副擺架子的表情，牠仍然像在說「拜拜」那樣，尾巴左右搖動。

「再見。」我也輕輕揮手，星野同學也鞠躬行了個禮。後來她握著史黛拉的牽繩，爬上了坡道。

「我們也回去吧。」

目送爬上坡道的星野同學離開之際我開口道。「嗯。」和泉也點點頭。

從這個十字路口到我家，只有幾分鐘的路程。

我們步行在一整條一字排開都是同樣外觀的房屋路上，不知怎的和泉比起平時跟我距離更遠。剛剛的雨濡濕了混凝土轉為黑色，路旁的雜草上也附著許多水滴，那透明的球體表面倒映出微小的周遭風景。

「對不起啊，也許還是那時候說明清楚比較好。」

我在能看見自家的時候開口說道。

「沒關係的。況且不僅是你，我其實也很難開口，一直都沒說。」

和泉稍微俯首說道。

「這樣啊。」

即使和泉看起來天然呆、破綻百出、對於異性關係很生疏，對於跟我一起住這件事，想必也和我同樣會感到害羞吧。那樣一想，不知為何類似喜悅的些許情感，在心中猶如漣漪一般蕩漾開來。

不久之後我們到了家，扭動反射夕陽的門把入內。門一關上，沒有點燈的玄關突然變得一片昏暗。

「我回來了。」和泉多半是對著在一樓房間裡的媽媽說的，當她從慢跑鞋換穿成拖鞋之際，對我投以客氣的眼神。

「那個，我流了很多汗，可以讓我先沖澡嗎？」

「嗯。」我在脫掉皮鞋時點頭說道。

「謝謝你，那我就去了。」

和泉直接前往浴室，我則是進入自己的房間，打開電燈把運動提包放在地上。

我深深坐在書桌椅上，隨即感到有點睡意。在打瞌睡之際閉上雙眼時，一片寂靜之中，能隱約聽見沖澡的聲音。

☆　☆　☆

隔天早上進入客廳時，穿著睡衣的和泉坐在沙發上。T恤上套了件薄長袖連帽外套。媽媽站在和泉面前，身子稍微前傾在跟她說些什麼。
看到那種景象，我馬上感覺到不對勁，上學前的這個時間，往常的話和泉已經換上制服，把書包放旁邊在吃早餐了。
「怎麼了嗎？」
我詢問她們兩人之際，響起細微的電子聲。和泉單手伸向T恤的胸口處，從衣服裡拿出某種東西，是體溫計。
「好像是感冒了……」和泉看著體溫計說道。
「糟糕，還發燒了。果然今天還是請假吧。我會打電話給學校那邊的。」
媽媽從和泉那邊接過體溫計並且說道。和泉則回了句：「對不起。」
「妳還好嗎？」我開口問她。
「嗯。早上起床以後，不知怎的就覺得身體很沉重，直到昨天都還沒事的……昨天流了很多汗，那樣子可能不太好吧……」
「咳咳。」她一面輕聲咳嗽一面回答。她喉嚨的狀態似乎不太好，話聲聽起來比起往常要鬱悶，臉頰似乎也泛著紅。
「要是害你也感冒，就對不起了……」

「不，我想我應該沒事……」

我沒有感到任何身體不適，至今我的身體從不曾在這個季節出狀況過。

「里奈，告訴我學校的電話號碼。」

媽媽拿著電話的分機，從我的旁邊詢問和泉，打斷了我們的對話。和泉看著手機告訴媽媽電話號碼之後，媽媽就告知她的學校今天要缺席。

後來和泉把塗蜂蜜的土司和熱牛奶都只吃了一半，就吃了家裡的感冒藥。接著她步履蹣跚地走回房裡。我對著她的背影說了聲：「保重。」她用袖子長及指尖的手壓住嘴巴咳了好幾聲，隨後緩緩捧起發紅的臉頰掛起笑容說：「謝謝你，上學要加油喔。」

媽媽比起往常晚了點出門工作，而我也收拾好餐具出門。外頭是陰天，天色昏暗。我把腳踏車帶到路上跨上。我回頭看見和泉房間的窗戶，罩上了一層厚厚的窗簾。

烏雲的顏色漸漸變深，過了中午雨淅瀝瀝地下了起來。從點了日光燈的教室往外看，天色看上去非常昏暗。即使第六節課上完，雨勢也沒有止歇的意思。

社團活動因為下雨用不了操場，就照雨天的慣例，變成在走廊上鍛鍊肌肉。大家排成一列，伏地挺身、仰臥起坐、俯臥起身和深蹲各二十次做三組，做完的人向由梨子報告。

我換上足球裝，在人煙稀少、校舍最上層的五樓走廊上做訓練，中間隔著適當的休息時間。在社員們排成一列懶洋洋動著身體的時候，唯獨由梨子一臉事不關己的神情，手拿原子筆和夾紙板，用帶有監視者氣息的視線對著我們。

氣溫並沒有很高，反倒是穿短袖甚至會感覺冷，不過濕度很高，進入第二組的時候，已經有點滲汗了。

做完伏地挺身和仰臥起坐後，我背靠牆壁坐下。不知為何橘也在我隔壁做肌肉訓練。雖然她現在在做仰臥起坐，但從剛剛開始，她除了抱著後腦杓的手在不斷顫抖，一點進展都沒有。那樣的狀態再持續一下下以後，不久後聽到了她發出「嗚」的呻吟聲。

「我放棄……」

橘開口嘟囔，她姿勢不穩也跟我一樣背靠牆壁。

「呼～好累。」

「為什麼妳也要鍛鍊肌肉啊？」

我這一問，她答道：「為了夏天想讓腰變得更細。」

她一點都不胖，但是也許是因為外表有點稚嫩的關係，她的腹部看上去確實給人一種軟綿綿的感覺。

「我想讓肚子消下去一點。」
她隔著運動服摸著肚皮說。
「哦——很了不起嘛。」
「啊，好過分的敷衍。就一般而言，在這麼短的時間內是不可能會有效果的不是嗎？難得給你一個容易吐嘈的反應，坂本學長你還是似乎不怎麼關心別人呢。」
「才沒有那種事。」
我嘴上那樣說著，為了開始做俯臥挺身，身體動了起來。接著橘發出彷彿很傻眼，毫無幹勁的聲音。
「唔~你就是這種地方讓人覺得冷淡。再把自己的形象塑造得爽朗一點啦。」
我的身體不經意地停下了動作。不知怎的，我有點受到橘的那句嘀咕影響。
「……我看起來很冷淡嗎？」
「有點。」
她立即回答。雖說是意想不到，但聽到別人說得那麼斬釘截鐵，心情多少有點低落。
然後對於那樣的自己，我感到不太對勁。
至今由梨子也對我說過好幾次同樣的事，被人這樣說會覺得這麼在意，這還是頭一遭。我感到在不知不覺間，自己的內心有什麼正在逐漸變化。

「喂，那邊的嚴禁私下對話。」

由梨子下半身穿藍色運動褲、上半身穿體操服，聲音傳到我們這邊。

「森學姊，我要回去做經理的工作了。」

橘說完以後站了起來，走到由梨子的身旁。

社團活動結束後，我跟由梨子和其他社員一起回家，因為下雨，我們把腳踏車放著坐了公車。

由於雨雲覆滿天空，天色已然昏暗，在路上奔馳的車子都點亮了燈。坐在椅子上，從附著雨滴的窗戶眺望外頭灰暗潮濕的街道，令我不禁憶起了跟和泉第一次見面的那天。回想起那天，那時候我也非常緊張，但現在已經覺得家裡有和泉在是理所當然的事。儘管我們兩人在家裡也沒有說多少話，不過我最近對於沉默基本上也不怎麼在意了。

然而和泉又是怎麼想的呢？長期居住在親戚的家中，因為我沒有經驗，所以不知道實際上是怎麼一回事。要叫我想像也很困難。

「你就是這種地方讓人覺得冷淡。」橘的這句話，突然在腦海中響起。

她直接對我說的時候也一樣，那不知怎的讓我心中產生了微微的、類似不安的東西。明明橘的口氣只是在說著玩而已。

稍後公車來到了我們居住的住宅區，我跟由梨子在同個公車站下車。當由梨子打開傘一步步向前走，我從她背後向她攀談。

「嗯。幹嘛？」她回頭望向我。

「我接下來要順道去超市一趟，妳先回去吧。」

「啊，那我也要去。正好我的活頁紙也快沒了。」

我跟那樣回答的由梨子一起，前往位於住宅區之外兩層樓高的中型超市。

今天的晚餐，考慮到和泉得了感冒，還是吃粥比較好吧。一進到店裡，我便買了蛋和雞肉等等應該可以當成材料的東西。傍晚的這個時段，店裡有很多大嬸。我跟由梨子在店裡繞了一圈，迅速買完東西，之後前往店裡附設的藥局。

「咦？你還要買什麼嗎？」走在我身旁的由梨子問道。

「感冒藥。」

當走近出入口附近的貨架，她露出疑惑的表情。

「你感冒了嗎？」

「不，不是我，是和泉……」

「咦，和泉同學？她沒事吧？」

「應該。早上她發燒沒去學校。似乎不是那麼嚴重，我想應該沒事……家裡備用的藥已經不多了，就順便買。」

「這樣啊。」

我拿起好幾盒在比較價格跟療效時，有名身穿白衣的男性靠近我。

「您在找什麼呢？」那名似是藥劑師的年輕男性說。我邊回想和泉早上的模樣，把症狀告訴了他。途中由梨子好像也有什麼東西要買，就走到其他地方去了。

藥劑師推薦了我一種藥，我拿著那盒前往收銀台結了帳。再將買好的藥放進運動提包裡離開藥局，由梨子已經在外面等我了。

「來，這給你。是我給的慰問品。因為發燒會消耗體力。」

話說完，她遞出貼有超市標籤的營養飲料。

「喔，謝啦。」

粉紅色的標籤上畫的插圖和文字字體都給人很柔和的印象，是女性向的商品。還記載著對皮膚粗糙也有用。

「幫我對她說保重身體。」

「嗯。謝謝妳。」

道謝過後我接過營養飲料收進包包裡。隨後——

「……話說回來，你變了呢，健一。」

她繼續說了令人意料的話。

正在注意手邊的我，聽聞話聲抬頭回了聲：「咦？什麼？」然而她瞬間面露微笑說了句「什麼事都沒有」之後，就向著外面邁出步伐。我也慢她一步向外走。

下著雨的室外，在進入店裡的短暫期間變得更暗了。

☆　☆　☆

打開玄關的門以後，家裡一片漆黑。儘管和泉應該在，卻沒有半點聲響。她還在房裡睡覺吧。

我脫掉鞋子進入客廳。把感冒藥放進藥箱裡，將食材還有從由梨子那邊收到的營養飲料塞進冰箱裡。打開冰箱之際的光輝朦朧地擴散到黑暗的廚房裡。

之後我上到二樓，便察覺到和泉房間的門縫裡透出亮光。

我以為她可能醒著而豎耳傾聽，卻只聽見敲打屋頂的雨聲。

「和泉，妳醒著嗎？」

我輕輕敲門，並且向她搭話，但沒有聽到回應。不論是我的聲音或是敲門聲，很快就融入周遭的寂靜之中消失無蹤。

雖然有點猶豫，但我還是把手放在門把上。沒有上鎖，我試著稍稍打開了門。接下來本打算開口搭話，但馬上就放棄了。

進入我視野中的是鋪在房間正中央的被褥，上頭的毛巾毯鼓成一團。枕邊披散著黑色髮絲。看到鼓成一團的毛巾毯微微地上下起伏也能明白。

……就把燈給關了吧。

我心想燈開著，身體可能無法好好休息，於是打開稍稍開啟的門，只踏進她的房間裡一步。

和泉的房裡，跟我擺東西進去那時的氣味不同。書桌上放著粉紅色的芳香劑。東西還不多，掛在牆上的制服很顯眼。

我按下牆上的開關關掉電燈，隨後整個房間一下子陷入黑暗之中。

儘管並不是住了十年那麼久的房子，但無論是雨聲或是昏暗的和泉房間，都讓我無法真切感受到這是我家的空間。

我站在和泉的腳邊。和泉沉睡的容顏，因為有頭髮擋住幾乎看不見。

——果然是累了吧。

雖然一整天碰到面的時間很少，但我知道她每天都很努力。感覺她身體也不是那麼強壯，周遭環境發生這麼大的變化，身體不出狀況才奇怪。

「辛苦了。」我在心中低聲道。當我打算離開房間的時候，忽然間在毛巾毯裡的和泉動來動去，變成了仰臥。覆蓋側臉的髮絲輕輕地落下，她的睡臉出現在黑白兩色的幽暗視野之中。

似乎很柔軟的雙頰、微啟的滑潤雙唇，不知不覺間吸引了我的視線，我的心臟猛烈跳動。由於盜汗，黑髮黏在她的耳際和額頭，顯得非常嫵媚。而且是因為在翻身時T恤被拉開了嗎，鎖骨下方柔軟且開始發育的地方也……

——不能夠待在這裡，與黑暗融為一體，潛意識中總覺得現實的感受變得模糊。我的雙眼離開和泉，出了她的房間，緩緩關上了門。

沒有點燈的走廊跟她的房間一樣暗。我呼出體內蓄積的溫熱氣息，然後吸一口氣，外頭的空氣涼涼的，讓我的胸中也一下子冷卻下來。

我進入房間打開燈，在床上翻來覆去。腦海中一直冒出在幽暗中見到的和泉睡顏。每當想起那張臉，我的胸口就會發熱，並且用力地跳動。雨聲既沒有變大也沒有變小，始終發出同樣的聲響。

躺平之後，疲勞感一下就湧了上來。似是要將我拉進眼皮底下的黑暗，意識漸漸變得模糊……

☆ ☆ ☆

「我回來了～」媽媽的聲音讓我回過神來。

睜開雙眼的一瞬間，日光燈的明亮讓我的眼前白茫茫一片。我感覺到刺眼而用力閉上眼。當我再次慢慢睜開眼睛，便望見了房間裡看慣的天花板。

我的身體在發熱並且流著汗。當目光向下移動，就看見了我的制服和床鋪。

我拿起枕邊的時鐘，時鐘的兩個指針顯示出現在已經超過晚上九點了。

回來的時間是是六點左右，所以我睡了將近三小時。

我累到感覺腦子像是麻痺了一般，在黑暗中放空了好一會兒，但想到還沒有做晚餐，我急忙起床脫掉制服換上家居服。

我把今天一整天穿在裡頭的T恤塞進洗衣機裡，打開了客廳的門。

「啊，是健一。」好像在跟媽媽對話的和泉，瞧見我便開了口。媽媽轉頭回望朝我抱怨道：「真是的，晚餐是你負責的吧。」

「對不起，我睡著了。」

「你怎麼能睡昏過去啊。」

「就說對不起了。我馬上做。」

我從冰箱裡拿出買來的材料。接著媽媽對和泉溫柔地說了句「似乎好很多了呢」以後，就離開了客廳。她是要回自己房間去換衣服吧。

當場剩下我跟和泉兩個人，和泉跟早上一樣，一身睡衣加連帽外衣的裝扮。在明亮的地方看，比起今天早上發燒昏昏沉沉的樣子，神情顯得清醒多了。我回想起方才和泉沉睡之際嫵媚的樣子，心臟又猛跳了一下。

「妳身體還好嗎？」我問她，而她回答：「嗯，現在也不咳了，我想大概明天就能去上學。」

看見和泉一如往常輕柔的模樣，我的心又開始痛了起來。

——不妙，我覺得她好可愛。

我立即別開臉，拿出塞在冰箱的營養飲料遞給和泉。

「這是由梨子給妳的。回家途中我們順道去了趟藥局。她要我跟妳說保重身體。」

「謝謝～」和泉用很有少女氣息的情緒，收下了東西。

「替我向她道謝。」

「嗯，我知道了。」

為了不多看和泉的臉，我迅速回答，接下來要做晚餐，於是我站在廚房裡。乾脆我跟媽媽也吃粥吧，要是只為她做特別菜色，感覺又會再意識到她。

「怎麼了？你看起來樣子怪怪的喔。」

和泉站在我身旁，為了窺視我的臉，她愣愣地歪了歪頭。

「難不成果真是感冒傳染給你了嗎？」

「我沒事，問題不在那裡！」

聽完我的強力主張，她的頭又歪得更斜了。

「是、是嗎？那就好……啊，晚餐我來幫忙吧？」

「不用啦，妳坐著。畢竟妳才剛剛好轉。」

聽我說完那句話，和泉就回到了客廳。

當廚房只剩下我一個人以後，我得到了片刻的安寧。在用冷水洗手時，感覺連發燙的胸口也跟著冷卻下來，心情終於得以恢復冷靜。

不過剛才讓胸口發燙的那種苦悶感，究竟是什麼東西呢？

第五章　雨水與汗水的氣味

月分變換，來到了七月。

這天第四節課結束後，由梨子抱著一大堆表單來到我的教室。

「來，這個。麻煩確認一下。暑假以前在參加或不參加上畫圈，交給我或中田老師。給明香里也可以。」

我們停下正要打開便當盒的手，視線落在接過的表單上。以「夏季集訓通知」為標題的一張紙上，從給監護人的季節問候語開始，記載了這次暑假當中的集訓行程表，易撕線的下方有記載「參加／不參加」的選擇欄跟監護人的簽名欄。

當我瀏覽那張單子的時候，由梨子把附近的椅子拖過來發出聲響，然後咚的一下，將有提把的迷你包包放在我跟長井併排的課桌上。

「那是什麼？」

我一問，由梨子便回答「是便當」。

「妳也要在這裡吃？」

「不行嗎？」

由梨子瞇細雙眼，冷淡地應答。

「不，沒關係。」

我跟長井各自把表單收進書包裡，之後跟由梨子三個人一起開始吃飯。由梨子拿出小小的水壺，還有用深藍色的布包起來，比我跟長井的還要小一號的便當盒，用塑膠製、尖端部分有好幾道刻痕的筷子，開始把配菜送到嘴裡。也許因為她混在一群男生裡踢足球，語氣是有點粗暴，但關於烹飪方法等等，卻是打從小時候就手藝好到令人意外。

我們跟周遭的同學們一樣，一面閒聊一面吃飯，聊些關於社團或考試的事。

「書念的怎樣？」

由梨子在往杯子裡倒麥茶（就顏色而言大概沒錯）的時候問我。

「馬馬虎虎。」我答道。

「總覺得只要社團活動休息，我就不知道怎麼打發時間，我讀書的效率反倒會變慢。」

「那跟我完全是相反類型。真虧妳成績都不會變差啊。」

我那樣一講，由梨子就氣呼呼地說：

「有社團活動的時候，我可是每天都有好好念書——長井你呢？」
由梨子把話題拋到長井身上，向來不苟言笑的他，也罕見地露出有點陰沉的表情。
「……我這次不努力的話，夏天可能會被逼去上補習班的暑期補習。」
「真的假的？長井你成績不是不錯嘛。」
「我爸媽只准我上國立大學，他們說要是進不了這間學校的全校前十名，就差不多該開始準備了。我會乖乖參加社團啦。聽說有傍晚開始的課程。」
「那還真辛苦呢。」
我同情他休假被強行奪走之餘說道。
「嗯。一點都沒有放暑假的氣氛。」長井像在開口發牢騷。接著又說：
「這次放假可以去你家嗎？我們一起念書吧。自己一個人念書準備考試也差不多覺得膩了。我想要一點刺激。」
「咦，我家？」
我由於出乎意料的提議感到動搖。在反射性地思考有沒有什麼拒絕的好藉口同時，我為了尋求援助望向由梨子，但她馬上做出追擊。
「我也可以一起去嗎？人多一點還可以互相教嘛。可以吧？健一，先問問『你家裡的人』

喔。」

你家裡的人——雖然沒有說出名字，但這顯然指的是和泉。由梨子從小學的時候起就叫我媽阿姨。

「不能去長井你家嗎？」

我這麼一說，「健一你家比較近所以比較好～」由梨子裝成以她而言很罕見的做作女姿態道。

「那去妳家不就好了。妳用不著移動就搞定了。」

「我家不行。讓男生進房間我爸會生氣。不知為何最近關於那方面他很嚴啊。」

女生特有的藉口來了……可惡，怎麼辦？要是長井來我家的話，就得向他說明和泉的事。

「那個，我家現在有親戚來……」

「啊，給你添麻煩了嗎？」

我這麼一說，長井就散發出似乎有所顧慮的氣氛。

「不，該說麻煩還是……」

我由於笨口拙舌而支支吾吾，由梨子從旁插嘴道：「沒問題喔，健一的親戚是我也認識的孩子。對吧，健一。」

「孩子？」長井張口道：

「是小孩嗎？」

「嗯，呃，也沒錯。」

因為她不是大人所以不算謊言。

明明先前發生過星野同學那件事，事到如今我還是說不出那個親戚的小孩就是先前的練習賽那時來的女孩子。

也許是理解成有小朋友寄住在我家，長井露出了一臉類似「什麼嘛」的表情說道。

「總之我也不想勉強你。」

我輕輕應了聲「嗯」。

由梨子對於一再做出不乾不脆回覆的我，嘟起嘴巴一直盯著我看。

☆　☆　☆

這天放學後，我盡快下樓前往鞋櫃區等待由梨子。已經進入考試準備期間，所以沒有社團活動。

校舍裡瀰漫著一整天結束後，帶著些許鬆懈的氣氛。窗外低空飄過潔白厚實的雲朵。我暫且把背靠在附近的牆上，望著學生陸續下樓。

等上大約十分鐘左右，由梨子和兩名女學生一起下樓到了鞋櫃區。

「由梨子，等一下。」

我靠近她們開口搭話。將書包揹在肩上的由梨子發現我的時候，愣愣地抬起頭。

「咦，這不是健一嘛。找我有什麼事嗎？」

「沒事的話才不會找妳搭話。」

「那什麼意思啊。」

在我們短短互動的期間，跟由梨子一起停下腳步的兩個朋友對我投以似在窺視的視線。

「是跟社團有關係的話題嗎？很快就會結束了嗎？」

「不……如果可以我想在回家路上……」

儘管難以啟齒，我仍舊看向由梨子的兩名朋友說，而她們則是嘻嘻竊笑，接下來她們為了表示體貼，惡作劇似的說了聲：「森同學，慢慢聊喔。」隨後就向由梨子揮揮手，先從鞋櫃區離開了。

「啊，等一下。小紗、加藤同學。」

由梨子對她們兩人的背影喊道，然而她們卻只對我們流露出像在胡思亂想什麼的笑容。

「哼。我明明要跟朋友一起去繞一下。你識相一點啊。」

我聽著由梨子發出那樣的抱怨，走到腳踏車停車場。之後我們兩人一起騎上腳踏車，就像社團活動後要回家時那樣，在通勤的路上奔馳。

跟往常社團活動後回家的時間不同，天色還很亮，層層疊疊的雲像要覆蓋住整個房子似的，但四處都有縫隙，於下午的街道上落下道道光束。

在國道上疾馳的車子很吵，我們暫且不說話，騎著腳踏車飛奔，然而當因紅綠燈而停下時，我打開了話匣子。

「今天中午妳那是什麼意思？」

「那是指什麼？」

「就是我家的事。妳知道和泉在吧？」

「我知道啊。但你並沒有做什麼虧心事吧。是討厭我們去你家嗎？那明白地拒絕不就好了。」

「也不是那樣。」

「那不就得了～我也好久沒去你家了。」

紅綠燈變成綠色，我們再次一起踩動腳踏車。

「話說你為什麼要那樣隱瞞和泉同學的事？長井他又不是那種覺得有趣會四處亂講的人，我想只要跟他好好說明，應該就不會引起誤會。」

由梨子這麼一說，令我頓時語塞。她說得對，我也是那樣想的。長井不是那種人，只要跟和泉有關的事，我總會莫名焦急。

「健一，你該不會不太想讓其他男生知道和泉吧？不光是因為說明起來很麻煩。」

我感到驚訝。

我瞧向由梨子，她直望著前方，髮絲輕飄飄地隨風飛揚。

「……才沒那種事。」

「真的嗎？」

「——嗯。」

儘管我那樣回答，但微弱又低沉的聲音，表明了我有多沒把握。

由梨子水靈的雙眼瞥了我一下。頃刻間我們視線交會，而後她的視線隨即向前看。接下來或許是打算改變話題，由梨子非常突然地低語：「今年的梅雨季似乎會早早結束呢。」

我受那句話影響抬頭望向天空。雖然到處都有光線照耀，但就全體而言，烏雲還是覆蓋了大半的天空。

「……所以呢？」

「沒什麼，就那樣。要開讀書會的話，也邀和泉同學吧。先前跟她約好了下次見。」

不久後，進入了瀰漫著生活氣息、我們成長的住宅區。在毫無特色的房子和公園旁，毗鄰著全國連鎖的超商和超市，以及蕭條的小小個人商家。也許高空的風勢很強，雲象時時刻刻在變化，並且光帶也隨之變化。街道在短暫的時間內反覆變暗又變亮。一旦光線照進的方向不同，連見到的色彩看上去都有些不同。

☆　☆　☆

「事情就是這樣。」

我在吃晚餐的時候，把事情告訴了和泉。

萬一她出現很困擾的反應，我就要回絕這件事，然而當她聽到由梨子和另一個朋友要一起來讀書的時候，她的雙眼閃閃發光。

「那得做準備才行。」

「咦？什麼準備？」

「要做點心之類的，有很多事啊。」

出乎意料的是，和泉充滿幹勁想要參加，露出真的很高興的神情。

「不，也不必做到那種份上。話說這樣不會打擾妳讀書嗎？」

我話聲剛落，和泉便搖了搖頭。

「我也想再跟森同學見面，先前她給了我慰問品，我也想向她道謝。」

「這樣啊……妳們感情變得那麼要好了啊。」

和泉點點頭，用謹慎的手勢讓茶壺傾斜，在媽媽空了的茶杯裡注入茶水。這天媽媽久違地早早回家，我們三人一起吃晚餐。

媽媽啜飲和泉倒的茶，隨後將茶杯靜置在桌上。

「由梨子要來啊。」

「似乎是喔。」

「真的是隔好久了。前陣子在超市看見她，髮型也弄得很時髦，感覺變得很可愛呢。」

「嗯，呃，是啊。」我答道。

由梨子自從小學六年級以後就沒來過我家了。

以前她常常來我家玩。大概都是混在隸屬同一足球隊的同學年男孩子們，還有陪我們玩的哥哥只是一起打電視遊樂器遊戲的聚會，但是對於說很想要女兒的媽媽而言，由梨子來她非常高興。她會不管玩電動的我、哥哥和其他朋友們，兩人一起喝茶或在客廳裡一直聊天，也曾經一起在家裡做點心。從那之後已經過了好幾年。

「健一，我沒問題的。請你對森同學還有你朋友這麼說。」

和泉在用餐過後放下筷子說道。明明只跟由梨子見過一次面，和長井是第一次見面，她卻似乎沒有任何猶豫。

什麼嘛——我心想，只有我一個人想太多嗎？

「我吃飽了。」

我從位子上起身，收拾自己的餐具回到房間。橫躺在床上跟由梨子用社群APP聯絡。

『和泉她說了可以來，還說想要見妳喔。』

我就那樣拿著手機滾了滾，變成仰躺的樣子凝望著天花板。樓梯下方響起有人爬樓梯上來的聲響。我暗想是和泉，媽媽跟和泉上樓梯的聲響有些不同，和泉比較緩慢，可能是因為體重輕，又或者是因為她的沉穩性格使然，聲響也比較小一點。儘管還不到一個月，但我已經習慣家裡有和泉的生活，到了能判斷出那種事的程度了。

手上的手機短促地震了一下。

顯示出來的社群APP的對話畫面上，只寫了「收到，替我向和泉同學問好」。

☆　☆　☆

隔天的午休時間，混雜在吵鬧的聲音中，「我說啊。」我對著長井開始講話。「嗯？」他坐在我對面的位子上，將吸管插進盒裝果汁裡問道。

「昨天說的那個親戚的小孩，就是前陣子來看我們練習賽的女孩。」

長井頓時停下了動作，接著用略顯訝異的神色看著我。

「真的假的？」

我點點頭，跟著長井也放低音量說：

「你跟她住一起嗎？」

我對於重複的問題，重複地點頭。

「……從上個月開始，總覺得很難啟齒。」

有一瞬間，長井似是想說些什麼微微張口，然而他像是把話吞了回去停頓了半晌後——

「——我想也是。」他用同情的口氣對我說。那些話讓我稍稍安心。雖然長井不是那樣的人，但萬一被鬧著玩、被調侃，我還想說該如何是好。

「不過我在那種情況下去你家這樣好嗎？她也要念書準備考試吧？」

「嗯。昨天跟她說過了。她說完全沒問題。而且她讀的是聽說每年都有很多人上東大、很厲害的升學學校，所以大概能教我們覺得困難的地方。會成為超級戰力喔。」

「真的嗎？那可是幫了大忙。」

長井如是說，笑了開來。

「而且我有點在意她。」

長井那句話，還有開心的表情，令我心中有些躁動。

「我可以問問個中的原委或是情況嗎？因為去你家的時候，我不想踩到地雷。」

「她媽媽長期出差。」

「咦？就只因為這樣？」

我簡短地回答，然後長井愣了愣。

我「嗯」的一下點點頭。

「因為在她上學的範圍裡，能照顧她的只有我們家，所以就來了我家。壓根就沒有什麼地雷。」

「這樣啊。不過她來看社團活動時，就覺得你們很要好呢。我也有幾個年紀相近的親戚，可是因為關係不深，所以沒什麼說過話。」

「不，那時候是因為我忘了便當，然後她就替我送來了。會看比賽是因為受到由梨子的邀請。」

「原來如此。那時候我還以為是不是你的女朋友而嚇了一跳啊。」

我無法對那句話順利做出反應。只是苦笑著回答說「不是啦」。我對於長井和自己所說的言語，萌生了一種不明所以的複雜情感。

☆　☆　☆

由梨子他們來我家的前一天，和泉從傍晚就在廚房裡做餅乾。我從自己房間下樓到客廳時，整個空間裡都瀰漫著甜甜的香氣。

「健一，你嚐嚐味道。」

她說著把裝有餅乾的盤子遞給我。星形、愛心形和菱形等等，全都是見過的形狀跟大小。大概是用了家裡的模具吧。以前媽媽曾經做過同樣形狀的東西給我跟哥哥吃。

我拿起她遞出的盤子裡頭的一塊咬了一口。感覺比起我記憶裡的餅乾還要甜了點。不過我認為烤得很不錯。

「很好啊。」

「真的嗎?那就太好了。那我就照這樣來多做。」

我自認說的是很隨便的感想,和泉卻很高興地那樣說。

「如果讓妳費心的話,總覺得很抱歉。」

「不會的。並沒有那麼花時間,可以當作不錯的放鬆,你不用介意。」

她說著把拿出的圓盆、打蛋器跟鋁箔紙放回廚房裡。

「那我等會兒去買明天的飲料。」

光是讓和泉做準備也說不過去,於是我那樣提議。她回頭看向我,微笑說了句:「那就麻煩你了。」

隔天的讀書會約好從下午一點開始。而在五分鐘前對講機響了。和泉一身紅色格紋短袖排釦襯衫配上牛仔七分褲裝扮,坐在沙發上看課本,我制止了她起身,接近客廳的對講機螢幕。上頭映出由梨子穿著藍色針織衫和白色短褲站著的樣子，還沒看見長井的人影。

我跟由梨子隔著對講機進行形式上的問答，而後打開玄關的門。今天依然是下著梅雨的陰霾天空，飄散著悶熱又潮濕的氣息。由梨子揹著白色托特包，站在前庭前方的門前。

我走到外頭時，由梨子便說了聲：「你好啊。」

當她來到家裡，和泉也走到玄關來。

「森同學妳好，感謝妳先前的一番心意。」和泉露出溫柔的微笑，稍稍低頭道。

「嗯。打擾了——妳的身體沒事了嗎？」

「全好了。」

由梨子也顯露我沒什麼見過、感覺客客氣氣的和善表情。接著這次則是從一樓房間傳來啪嗒啪嗒的腳步聲，媽媽出現了。

「由梨子，好久不見了。妳過得還好嗎？」

她也很恭敬地向媽媽行禮。

「阿姨，好久不見了。今天打擾了。」

她們三人開始做類似站著聊天的事，我則在角落等她們聊到一個段落。

她們持續聊了幾分鐘後，跟著媽媽說了句「那你們自便」，就回到了自己的房間裡。

之後我們上樓去我的房間。我上午有收拾房間，把兩張折疊桌並排排好，準備了坐墊。由於有點悶熱，一進入房間我就打開了冷氣。

「喔，變得很有大人味了。」

進入房間的由梨子如是說。

「明明念小學的時候，四處貼一堆動畫的海報。那些都去哪裡了啊。」

和泉回自己房間拿念書用具比較晚進房，也許是聽見對話的片段，她抱著課本歪了歪頭。

「根本無所謂吧，都是以前的事了。」

「怎麼，你覺得丟臉嗎？要我再多說一點嗎？」

「妳是超級虐待狂嗎？」

我說道，在由梨子說出我的往事以前結束了對話，從自己的書桌拿出筆記本等等做筆記的用具。

有兩張桌子，其中一張是和泉和由梨子面對面坐，於是我就把念書用具放在另一張桌子上。

「咦？那是叔叔的吧。健一你收下了啊。」

由梨子看著我牆邊的書架說道。

「是啊。」

「你會讀那種書嗎？」

「怎麼可能。幾乎看不懂喔。」

「我想也是啦。」由梨子說著便一屁股坐在坐墊上，從包包裡拿出筆記本。

不久之後，長井也到了我家。我去外面迎接他，果然是電車遲到了。他一身咖啡色短褲配深藍色POLO衫的穿著。能聞到頭髮有髮蠟還什麼的味道。比起跟男生們一起玩的時候，感覺稍微時髦了點。

我跟他一起再次上樓到房間時，由梨子呈鴨子坐姿，桌上放著念書用具，她起了反應：「是長井。」

「抱歉，有點遲到。」

他那樣回答由梨子。之後宛如一隻充滿戒心的兔子，一直看著長井的和泉起身開口說：「那個……」

「我是和泉里奈。是健一的親戚——」

「喔，事情我聽說了。我是跟坂本同一社團的長井。」

他說了聲妳好，然後微微低下頭。和泉也恭敬地說：「請多多指教。」

「長井你坐那裡。」

我在他們打完招呼以後，像是要打斷話題般對長井說道。他應了聲「喔」，接著放下隨身物品坐了下來。坐在由梨子旁邊，我對面的位子上。

「健一，我去拿餅乾來喔。」

「啊，那我也一起去吧。我去拿飲料來。」

我也起身跟和泉兩人一起下樓前往一樓。不同於有四個人在、變得熱鬧許多的我的房間，一樓有種冷清的氣息。媽媽可能是在自己房間打電話吧，她在斥責某人的聲音甚至傳到了客廳。

「媽媽她在發火。」

我那樣一說，和泉在拿出封了保鮮膜放餅乾的大盤子之際，泛起苦笑講了句「工作還真是辛苦呢」，接著重新面向我。

「森同學很了解你呢。」

「咦？為什麼這麼說？」

「因為她似乎連健一你爸爸的事也很了解。」

「喔，那傢伙，念小學的時候跟我參加同一個足球隊，爸爸也在那邊教球。爸爸好像從年輕的時候就喜歡足球。她經常跟隊友一起來玩，所以跟我家人感情很好。也知道阿隆的事。」

「原來如此。」

和泉望著自己做的那盤餅乾說道。她拿掉保鮮膜揉成一團，「嘿」一聲丟進不可燃垃圾的垃圾桶裡。

「但是為什麼這麼問？」

我若無其事地把話題延續下去，「不，沒什麼。就是想問問。」和泉猛然抬起了頭說道，然後「嘿嘿」地笑了一下。

「哦——」我應了一聲，隨後打開冰箱，拿出了裝飲料的寶特瓶。接著把四個玻璃杯，還有裝茶跟可樂的寶特瓶放在不鏽鋼托盤上。跟和泉一起爬上樓梯回到房間。

「這是昨天做的。請大家一邊念書一邊吃吧。」

和泉朝著在聊天的由梨子和長井說，她在合併的兩張桌子上擺上放餅乾的盤子。

「啊，難不成妳不喜歡甜食嗎？」

和泉以著急的口氣詢問，由梨子則是泛起笑容說道。

「不，沒問題。謝謝妳，和泉同學。我可以吃一個嗎？」

「請吃請吃，希望能合妳口味——如何？」

和泉向喀嚓咬下餅乾的由梨子發問。

「嗯，很好吃。」由梨子開口誇獎。聽見這話，和泉浮現出喜悅的神情。

我把杯子遞到四個人的面前說：「大家隨便喝。」接著就把寶特瓶咚的一下放在書桌上。我跟長井往玻璃杯裡倒了可樂，由梨子跟和泉則是倒了茶。

「那從現在開始的兩小時，禁止聊念書以外的話題。中間休息一下，兩次兩小時，預計大概在六點結束可以嗎？」

在做好準備後，由梨子就發揮她身為經理的技巧，提出了這天的課表。

「ＯＫ。」和泉說道。我——大概長井也是——用在社團活動中的練習全由她一手掌控的那種心情應聲答「喔」，由梨子啟動了智慧型手機的計時ＡＰＰ。

這天的讀書會就這樣開始了。

究竟為什麼周遭有人比起自己一個人念更能集中精神呢？大家都喀喀地提筆寫筆記，房裡瀰漫著堅定的氣氛，比起一個人念書時還要更有進展。

經過三十分鐘左右，長井「欸」了一聲向我搭話。

「這句要怎麼翻譯？」

長井在習作本的英文上頭，用自動鉛筆畫下線給我看。我停下自己念書的手，望著題目。是有好幾個關係代名詞，構造又長又複雜的文章。

「呃，這後半部分全部跟這個Woman相關，所以從這邊開始翻譯比較……啊，可是這個One是指什麼呢？」

「不是單純的『一個人』對吧。」

「究竟是怎樣呢？」

對長文感到混亂，被小地方絆住，我們兩人發出「唔——」的低吟，隨後和泉突然抬起頭低聲問道：「怎麼了嗎？」

「和泉，妳能翻一下嗎？」

我拿起長井的習作本，為了讓和泉看換了個角度放，指出問題所在的地方。

接下來她沒有深思也沒有吞吞吐吐，而是很流暢地將英文翻譯。

「喔。大概就是那樣。謝謝妳，和泉同學。」

從旁聽到的長井發出了聲音。

「和泉妳好厲害。」我也略感吃驚地說道。

「不客氣。」和泉面帶微笑道。

儘管她看起來不是書呆子，但有名的升學學校似乎不是白讀的，仔細一看她所用的英文課本跟我們的不一樣，日文更少英文更加密密麻麻，是令人覺得高了一個檔次的東西。

在那之後我們一遇上什麼難題就會問和泉。她會立刻把我們想知道的東西教給我們。在我們三人同心協力之下，應該說基本上都是和泉在教我們的期間，由梨子一直在用麥克筆畫線、在筆記本上寫字，獨自一人念書。

「謝啦，和泉。」

「不客氣。」

為了讓和泉教而接近她的我，離開她身邊重新坐回坐墊的時候，忽然跟在坐在我斜前方的由梨子視線相交。

由梨子手上拿著餅乾，感覺像是在盯著我看。她啪的一聲把和泉做的星形餅乾尖端部分咬了下去。

那之後過了一陣子，由梨子設置的鬧鐘響了。她隨即把手伸過去按停。我們後來再稍微念到一個段落，就擱下了筆。

我跟長井重重喘了口氣。讓精神緊繃的氣氛迅即緩和下來。和泉也把筆收進圓筒形的筆袋裡，喝了口茶。繼而在她旁邊的由梨子說：「有個注意事項。」

「健一和長井，不要狂問和泉同學問題。」

「咦，為什麼？」

我跟長井大喊後，由梨子說：

「因為會減少和泉同學念書的時間嘛。只有想破頭都還不知道的時候再問啦。」

「嗚，說得也對。」

長井嘀咕道。

雖然我覺得沒有占用她那麼多時間，但造成和泉的負擔，我覺得很過意不去，於是我們向和泉道歉。

然而她卻帶著苦笑答道：「不要緊，教你們也能讓我得到收穫。」即使如此，由梨子還是有點不高興。

☆　☆　☆

下午的時間裡天色漸深，照進窗戶的陽光逐漸帶上色彩，當第二次的兩小時結束已接近六點之際，已是一片夕陽紅。

由梨子的計時器一響，我便重重吐了口氣。儘管中間有休息一下，但畢竟還是念了四小時，頭腦很疲倦了。

「啊——好累。」

由梨子雙手交握向前直伸，像在做伸展一樣。在她對面的和泉輕輕闔上筆記本，長井則是用手在揉太陽穴。

果然大家各自都很累了吧，所有人或是喝茶，或是把手伸向剩下幾塊和泉做的餅乾，喀滋喀滋地嚼著度過這段時間。

不久之後由梨子伸展完背肌，向大家提問：「大家怎麼樣，有進展嗎？」

「大有進展。」長井還另外回答道：

「和泉同學的教導大有幫助，謝謝妳。」

「哪裡哪裡。」

長井向她道謝，和泉用一如既往那種和善的感覺輕輕搖頭。

由梨子把杯子裡剩下的茶喝完，開口詢問大家：「接下來要怎麼辦？已經把所有預定做完了，要解散了嗎？」

「因為機會難得，我有種想再打一下延長戰的感覺，坂本你們方便的話。」

長井如是說，又望向我說了聲：「如何？」。

「我沒問題，我們家是八點吃晚餐。那和泉呢？」

「我也是，放馬過來吧。」

她用讓人覺得不知道從哪兒學的答案回覆，雖然神情看起來有點疲倦，但是仍在微笑，感覺還很從容。

「那就休息十分鐘，再稍微打一下延長戰吧。」

由梨子說出結論以後，在我書桌上的手機響起震動的聲響。起身一看螢幕，上頭顯示哥哥的名字。

「是我。有什麼事嗎？」

一接起電話，就聽見哥哥用輕浮的聲音回我說：『你現在有空嗎？』

「我現在在念書準備考試。」

『你在做很無聊的事呢。』

「託你的福。」

聽見我的話，哥哥短短地噗哧一笑。

『算了，晚點要是有時間的話，要不要去吃飯？也找里奈一起。』

我望向大家。由梨子似乎很在意我的電話，她的視線一直盯著我這邊看，長井在跟和泉聊些什麼。

「……由梨子還有一個社團的朋友也有來。」

『什麼嘛，在辦讀書會啊——四個人左右也沒關係喔。叫大家來吧。我現在拿到臨時收入，口袋滿滿。』

「你做了什麼新工作嗎？」

『哎呀，這陣子上了個廣播節目。』

他爽快說出口，我差點要用「是喔——」那樣的反應回他，但仔細一想那不是挺厲害的事情嗎？於是我慢了一拍嚇了一跳說：

「真的假的？那種事你從來都沒提過啊。」

『告訴別人實在很羞恥，所以我就沒說。況且媽媽說不定也會擔心。』

「……嗯，也是啦。不過那是什麼樣的節目？」

雖然沒到電視那麼主流，但廣播仍是大眾媒體。一瞬間爸爸那時候的事閃過腦海，討厭的感覺讓我心臟狂跳。

『不是像爸爸當時那樣子的言論，你不用擔心。話說像我這樣的碩士生，才沒有那麼大的影響力。只是在輕鬆的情報節目上，有個關於年輕人文化的專欄，我被找去當一次性的客座評論家。從純文學到次文化系的內容，稍微說些青年層能接受的文藝話題。播送地區也只有關東的一部分。』

「這樣啊。」聽見哥哥用滿不在乎的語氣講，我才放心地答了聲。

『總之那件事下次再說。要去吃飯的話，在三十分鐘內給我個回音。我七點左右想去。』

「收到，我問問看。」

我按下結束通話的按鍵，將智慧型手機放在書桌上。

「是隆一嗎？」由梨子立即問道。

「真虧妳知道耶。」我開口應答。

「從你的口氣之類的就覺得是。是講什麼事？」

「他似乎在問我要不要去吃飯。我跟他說有朋友來，他說可以一起去，他好像要請客。」

「真的嗎？可以嗎？」

「聽說他因為臨時收入所以口袋滿滿。要去嗎？」

我開口詢問由梨子，和泉和長井似乎在途中聽到了這件事，所以我也同樣詢問了他們。

由梨子跟和泉雖然有點謙讓，但仍舊想去，然而長井卻明確表示「不，這樣對坂本的哥哥不好意思，不必了」謝絕掉了。

「你用不著客氣沒關係。我哥的社交能力真的很強，應該說他是就算跟不認識的人吃飯都不以為意的人。」

「就是說啊，長井。健一的哥哥是個好人喔。」跟哥哥相識的由梨子也從旁幫腔。但他依然回答：「不，這次就算了。我家大概會準備晚餐給我。」這也不需要勉強，於是我說了句知道了，結束了話題。

「那我就聯絡他說由梨子跟和泉要去。」

我再次拿起智慧型手機聯絡哥哥。

後來的三十分鐘裡，我們各讀各的，然後就結束了這天的讀書會。

「那我要回去了。今天多謝啦，坂本、和泉同學，還有森也是。真的是大有進展。能一起用功真是太好了。」

我也回了聲「嗯」，和泉則是回「我才是」。果然和泉也有一定的社交能力，一起過了半天，她跟長井也在某種程度上相處得似乎很融洽。

他開始收拾隨身物品，在途中喊了聲「對了」，接著把手伸進口袋。緊接著用在察言觀色的感覺向和泉提問：

「和泉同學，方便的話，能告訴我聯絡方式嗎？」

彷彿察覺了什麼似的，由梨子用「哦～」的那種感覺望向長井。

「咦，啊，嗯，可以喔。」

縱然有些不知所措，但和泉還是拿出了自己的手機。

「謝謝。」長井交換完聯絡方式後，面露微笑道謝。

「不客氣。」和泉也和善地回應他。

看見他們兩人交換聯絡方式的時候，我又感受到了之前曾經幾次有感的那種類似不悅的心情。心癢癢的，有些無以名狀的感情。

那之後我把拿著隨身物品離開房間的長井送到了玄關前。

也許直到中午覆蓋著天空的雲朵已經飄走了，剛進入七月的傍晚天空，被夕陽染成一片紅霞。

「再見了，坂本。」

「嗯，下次見。希望你成績進步。」

我揮揮手那樣回應他。

長井出了我家大門，朝公車站的方向走。

他是我打從上了高中，關係最好的朋友。儘管足球踢得不錯，功課也好，可是他從不曾自傲過，我認為他是個好人。

然而望著他漸遠的背影，我心中方才那種萌生的奇怪情感似乎也跟著收斂，不免覺得自己實在是個令人討厭的傢伙。

我沒有直接跟和泉交換聯絡方式，我們只是互相知道電話號碼而已。郵件也是既然沒寄過，就不會知道她社群軟體的帳號。因為住在一起，只要能打電話就足夠了。

他知道我所不知的一部分和泉，這件事不知怎的讓我覺得厭惡。

如今我一清二楚了。

先前由梨子指出我不想讓其他男生知道和泉，是說對了。

對於連我自己都無法理解的荒謬想法，我自然地嘆了口氣。

☆　☆　☆

七點以前，哥哥騎著在附近行動用的機車來到家裡。聽到引擎的聲響，我馬上就知道是哥哥來了。我走到樓下，在對講機響起的同時打開玄關的門。

「唷，健一。」

哥哥一身黑色V領衫搭緊身牛仔褲的裝扮。雖然比起往常要稍微成熟，但從敞開的胸口能窺見銀飾，還是很像個輕浮男。

「要進來嗎？」

我這麼一問──

「不，在這裡就行了。」

他搔搔自己的後腦杓。

「媽媽她現在人在，要叫她來嗎？」

「嗯──哎呀，都可以啦。」

也是因為先前聊天的內容就試著那樣提議，然而說話總是很乾脆的哥哥，卻給了個很含糊的回答。

就在我想反正也沒差，正要去叫和泉她們而轉身的時候，媽媽從家裡穿著涼鞋走了出來。哥哥看到這副景象，「呃」的一聲皺起了眉頭。

媽媽雙手扠腰，突然用發怒的口氣說話。

「隆一，半年沒見到你是去做什麼了。打電話也不接，去找你人也不在。」

「啊，媽媽，好、好久不見……」

在紅色夕照照耀，植物們因風搖曳，涼爽的傍晚庭院前，媽媽大約相隔半年跟哥哥開始對話。他們會進行怎樣的對話令人很感興趣，於是我便留在現場。話說媽媽原來去過阿隆的家嗎？

「今天我想跟健一去吃飯然後就來接他了呢……對了，如果方便的話，可以借我車子嗎？因為我要帶里奈她們去……話說不如媽媽妳也一起來吧？我請客喔。」

媽媽沒有回答，她從上到下審視哥哥的打扮後說：

「你又穿那種叮叮咚咚的衣服，研究所那邊還順利嗎？」

「嗯。夏天要參加國內的研討會，正在做準備。」

「這樣。錢的方面沒問題嗎？」

「還過得去。參加研討會的費用，包括旅費在內由大學支出，因為是暑假，我也會去當補習班的老師。」

「真的嗎？」

「真的啦。我一個人的生活費這點錢可以自己賺，因為有打工薪水和稿費，我每個月都有盈餘，完全沒問題。」

「算了，既然順利的話那就好。」

接著媽媽用銳利的眼神牢牢盯著哥哥。

「我從健一那邊聽說了很多事喔。我還不想當奶奶，所以不是很想聽到那種話題。」

他「嗚」了一下，瞬間語塞。

「——這個嘛。我有實施分好幾種階段的對應方法……關於那方面，保證今後能萬無一失……」

他是想要開玩笑嗎？當哥哥嘿嘿笑著回答出類似發生了醜聞的企業道歉文那樣的話，媽媽便瑟瑟發抖。

「你這笨蛋！這花花公子的個性是像到誰啊。自以為是也要有個限度啊！」

當她大喊出聲，哥哥輕佻的笑意頓時化為「糟糕，她生氣了」那種感覺的苦笑。能讓總是從容不迫的哥哥這樣無言以對，大概也就只有媽媽了吧。

「健一，你別發愣，快把她們倆帶過來啊。」

為了逃跑，他開口催促我。

「嗯。」我含糊地答了聲，回到了玄關。

和泉和由梨子收拾好隨身物品，兩個人坐在客廳的沙發上。由梨子拿著放有念書用具的白色托特包，和泉則是斜揹一個咖啡色小包包。沒有點燈，在一片昏暗中，只有窗戶照進的紅色夕陽，照在桌上的水壺和玻璃表面上，光線朝各個方向反射出去。

在等待的期間，她們兩人又說了些什麼呢？然而當我打開客廳門的時候，兩個人卻是默默無言地並排而坐。

「阿隆來了。」

我一開口，由梨子她們就點點頭同時起身。拉好衣服的袖子、用手梳攏頭髮，迅速地打扮整齊。

「妳們聊了什麼？」

我向她們兩人提問，由梨子用有些粗魯的口吻說道：

「……她跟我說健一在家裡的丟臉事。」

我忍不住發出一聲「咦！」。

「和泉，這是真的嗎？」

我一問，她一瞬間視線迅速投向由梨子，之後面露惡作劇的笑容應答。

「是真的。」

「不會吧。我自認沒做過那種奇怪的事。」

當我那麼一說，和泉就呵呵地笑了出來。

「像是教我玩遊戲啦，在家裡處處關照我啦。」

「什麼嘛。那些並不是什麼丟臉事吧！」

我一說完，由梨子表情毫無變化，一臉嚴肅地忽略我所說的話，用公事公辦的語氣說道：

「隆一還在等吧？我們快走吧。」

由梨子就這樣走出客廳，在玄關前穿上藍色的包鞋，和泉也坐在她身旁，穿上很有夏日風情的編織涼鞋。

當我們三人來到外面的時候，哥哥跟媽媽還在說些什麼。

「喔，在這邊，由梨子、里奈。」

哥哥為了擺脫媽媽的話題，視線投向我們這邊。

和泉很快點了下頭，由梨子則是很親近地對哥哥說：「隆一，好久不見。」當我們出現之後，媽媽就閉上嘴巴，從哥哥面前後退一步。然後像是抱住雙肘那般雙手環胸對哥哥說：「偶爾要露個臉啊。」

「我知道了。」他點了點頭，接著媽媽望向我們這邊。

「由梨子和里奈也是，要當心這個男人。」

媽媽這句話讓哥哥焦急地說：「等一下啦。」

「沒想到妳認為我會對高中生出手耶。」

「如果是你說不定有可能。」

「真過分，我再怎樣也不是那麼道德淪喪的人。」

「你還好意思提什麼道德啊。」

「別看我這樣，好歹我念的還是公共哲學。」

哥哥跟媽媽眼看就要吵起來的對話，讓由梨子跟和泉兩人目瞪口呆。

「媽媽、阿隆你們都節制一點……」

我介入其中，儘管微微鼓起臉頰，媽媽還是就此作罷。然後她走向玄關，很快再次出來，將車鑰匙交給哥哥。

「開車要小心喔。」

哥哥說了聲「謝啦」跟著接過鑰匙。

媽媽站在玄關前說：

「那下次見了，由梨子，里奈也是，晚點見了。」她對由梨子跟和泉說話。

「好的，今天叨擾了。」由梨子恭敬地低頭。「那我出門了。」和泉則用笑吟吟帶著雀躍的表情說。

之後媽媽回到家裡，哥哥發出鬆了口氣「呼」的一聲。

「跟媽媽久違的對話如何？」
「半年沒見，話很難說出口呢。」
哥哥用像咬碎了苦澀東西的樣子說。比起自家人，多數時候只有表面上來往的旁人更容易對話。意外的是，哥哥的弱點大概是自家人吧。畢竟他現在就滿怕媽媽的。
「那麼……」他的表情又變回以往的笑容滿面，臉朝著我們的方向說。
「想吃點什麼？里奈妳有什麼想吃的嗎？」
和泉泛起一抹微笑，但還是有點客氣地搖了搖頭。
「我吃什麼都行。我並不挑食。」
「那由梨子呢？」
「……肉。」
不知為何從剛剛就低著頭的由梨子，用難以聽清楚的聲音囁嚅答道。
「啥？」
當在一旁的我反問之際，由梨子驟然抬起了頭。
「我想！吃肉！」
突如其來的大喊，讓哥哥的表情變得目瞪口呆。就在旁邊的我也嚇了一跳。這傢伙就那麼想吃肉嗎？

「那我們去燒肉店吧。」

聽見那個提議，和泉雙眼放光說了聲「燒肉」。

「我還不曾去過。」

「ＯＫ。我記得車站前有一間店，就去那裡吧。」

決定好目的地，我們就搭上了自家的輕型小客車。

☆　☆　☆

哥哥把車子停在位於站前道路的燒肉店停車場。過了七點，街道籠罩在一片天色甫黑的幽暗之中。然而或許因為也是回家時間，車輛眾多，車頭燈跟尾燈把道路照得燈火通明，人行道上也是人潮多多。騎著腳踏車的高中生點燈奔馳，上班族揹著公事包大步疾行。

「很好，我們走吧。」

一個倒車俐落地停好車的哥哥，拔掉車鑰匙那樣說道。坐在後座的兩個女孩子打開車門，坐在副駕駛座的我也來到外頭。熱氣似從外面的柏油竄起那般，是個悶熱的傍晚。

高空上的雲，在太陽下山過了一陣子以後染上晚霞的色彩，儘管街上一片昏暗，空中尚且殘留微微蒼藍，在高處飄浮的雲染上一片深紅。

我們四人進入店裡，店員姊姊將我們帶位到禁菸區的包廂裡。我跟哥哥並排坐，由梨子跟和泉則坐在我們的對面。由於是晚餐時間，來了很多客人，店裡充斥著烤肉的聲響以及香氣。

店裡的空氣有些煙霧瀰漫，貼在牆上的大樓海報跟菜單，染上些許像是咖啡色油汁的汙漬。桌子的正中央掛著圓網，下頭橫排著滾來滾去的木炭。旁邊放有各種醬汁、調味料、小碟子和免洗筷，隔著窗戶可以看到夜晚的街道。

和泉輕輕地「哇～」了一聲，她到處東張西望，環視第一次來的燒肉店。身穿圍裙的店員姊姊，把四份裝水的玻璃杯跟濕紙巾放在桌上，在桌子正下方烤網的木炭點火。炭火的熱氣緩緩上升，和泉一言不發又興致高昂地凝望著燒紅的木炭。

「要點什麼呢？」

哥哥把菜單放在烤網旁發問。

接著看點燃的木炭看到出神的和泉，「啊」的一下回過神來，謙讓地答了句「那就交給你決定吧」。

由梨子則是只要能吃到肉什麼都行，總而言之點了一份菜單中有四人份各種肉類和蔬菜，加上飲料無限暢飲的「家庭套餐」。

「健一，你去拿飲料來。我要喝可樂。」

跟店員點完菜以後，哥哥很快就叫我去跑腿。畢竟是被人請，所以我就老實地點頭了。況且讓由梨子負責這個任務，說不定又會被她惡整。

「我知道了。由梨子跟和泉妳們要喝什麼？」

「我也要可樂。」

「那我就喝點茶類……」

從傍晚以後就變得有些穩重的由梨子謙讓地回答，和泉則是保持一貫客氣的感覺回應。

「收到。」

我離開包廂的位子，在煙霧瀰漫的店裡行走，前往飲料自助吧所在的地方。我在玻璃杯裡倒進四人份的飲料，放上托盤回到位子上。

之後肉送了過來，至今一直保持穩重的由梨子開始狂烤肉然後吃掉。配上醃了甜醬的肉類一起，大口大口拚命扒飯。

第一次吃燒肉的和泉戰戰兢兢地用烤肉夾把肉放在網子上，每當油滴落到木炭冒出火花時，她就會「呀！」的一下真的嚇了一跳。「里奈妳怕過頭了啦。」哥哥感覺很有趣地望著那幅景象說。和泉笑笑答了聲：「可是……」看樣子她很享受第一次的吃燒肉體驗。

但我苦惱著和泉的這種表現，說不定會被認為是「在勾引人」，因而看向現實主義派的女生由梨子。不過由梨子的表情沒有特別變化，精神集中在烤肉之上。只有一支的烤肉夾讓給了和泉，我們其他三人則是用筷子挾肉，排滿整個烤網並且翻面。

在肉類少了一半的時候，由梨子嘀咕著「我還要一碗飯」，隨後按下服務鈴。這間店的白飯續碗是免費的。

「由梨子，妳還真能吃。」

哥哥語帶欽佩地說，緊接著由梨子有點害臊地用手擋住了嘴巴。

「今天念了很多書，肚子餓了。」

「肉類加碳水化合物的組合會肥喔。」

我嘟噥道，她似乎因此被惹火。

「囉唆！沒差啦，等考試結束後，我也會在社團活動裡踢球！」

「這樣啊。」

在我們進行那種互動的一旁，和泉手上正拿著碗，笑眯眯地咀嚼米飯。

大概過了一小時，用大盤子盛裝的一大堆肉類全都吃完了。盤子上已經只剩下肉油和蔬菜碎屑。

我跟哥哥最後一道點了迷你石鍋拌飯，和泉點了小份冰淇淋當甜點。然後由梨子則是——

「我還可以繼續點肉嗎？」

「妳還要吃肉啊。」對於名副其實充分發揮肉食系本領的由梨子，我也只能用傻眼，準確來說是帶著驚嘆的感覺開口道。

「因為我喜歡肉嘛。」由梨子做出回應，並且望向阿隆的方向。他或許是覺得有趣吧，擺出一副像在說「好喔，儘管吃吧」的感覺微笑。

「謝謝你，隆一。」由梨子用絲毫不見疲態的表情按下服務鈴，連同第三碗白飯，追加一人份牛五花。

☆　☆　☆

用餐結束以後，我們離開了店家。濕氣中隱約有種植物的氣味，夜晚的涼風吹拂而過。初夏夜晚的氣息，讓由於燒肉而發熱的身體覺得很舒服。

由梨子跟和泉對哥哥說了聲「多謝款待」。

「不用客氣，比起跟健一兩個人一起去愉快多了。」

哥哥嘴上那樣說，打開了車門的鎖。

「由梨子，我直接送妳回家可以嗎？」

「啊，嗯。謝謝。真是太令人高興了。」

「收到。」

跟來的時候一樣，我坐在副駕駛座上，兩個女孩子坐在後座。發動引擎打開車頭燈，哥哥把車子駛上車道。

穿越由於亮燈的招牌、商店、餐廳洩出的燈光而變得五顏六色的站前道路，進入只有一盞盞路燈孤獨閃爍的安靜住宅區，一抵達由梨子家門前，哥哥就停了車。

「到了喔。」

哥哥朝著後方說，由梨子應了聲「嗯」，隨後把放在大腿上的托特包揹上肩，打開車門。

「再見，謝謝你了，隆一。」

說完她下了車，而和泉打開窗子說：

「森同學，今天謝謝妳了。下次見。」

和泉一對由梨子那樣說，由梨子便露出就她而言相當罕見，令人覺得端莊的微笑，向和泉輕輕揮手。

從由梨子家到我家，開車的話是馬上會到的距離，哥哥慢慢開在小路上，把車子停進位於前庭沒有屋頂的停車場。

「再見，就在這裡散會吧——健一，幫我把車鑰匙還給媽媽。」

下了車，哥哥把繫在皮製鑰匙圈上的車鑰匙交給我。和泉在我身旁輕輕頷首。

「隆一哥，多謝款待。我真的很開心。」

「嗯。我還會再來玩。準備考試要加油喔。」

哥哥帶笑回答，輕輕揮了揮手。

和泉最後很快地再點了一次頭就進了家裡。就在我也打算隨她進去的時候，哥哥卻從後頭喊住我：「健一。」

「幹嘛？」

我一回頭就看見哥哥手上拿著安全帽，坐在機車上頭。隨後用很認真的表情看著我說。

「你要更加關心由梨子喔。」

「啥？」

「這是哥哥給你的忠告。她已經不是以前跟你一起踢足球那時的孩子了。」

「那種事我知道啦。」

打從念小學就在一起，我跟她一起度過的時間，比起哥哥跟她相處得更久。我在好幾年前早就察覺到她變了。

「那就好。但是你真的明白嗎？」

「我可是跟那傢伙相處的時間更久喔。」

「……確實如此。不過也會有太過靠近反而看不見的事情。那方面你仔細想想看吧。」

他戴起手上拿的安全帽。我正想問他是什麼意思，哥哥卻發動了機車的引擎。燈光照亮庭院的植物，在家裡的白色牆壁上，描繪出複雜的花樣。

「再見，我回去了。我還會再來。」

留下那句話，哥哥輕輕拍了拍我的肩膀，隨後從住宅區的小路離開。機車廉價的排氣聲在附近響起，隨著機車遠去很快消失無蹤。

☆　☆　☆

經過一個星期，到了第一學期期末考的前一天。

回家以後我做好晚餐跟和泉一起吃，接著開始念隔天要考的科目。

今天沒有下雨，一整天都很悶熱。放在桌子上電波鐘的溫度顯示超過了三十度，實在沒辦法我便開了冷氣。在室外機啟動聲響起的同時吹起冷風，冷氣下方的窗簾在輕輕搖晃。

花上三小時左右念書複習隔天要考的三個科目，然後就過了晚上十二點。我心想小歇片刻，再努力一下吧，於是放下了筆從座位上起身。為了不給媽媽跟和泉添麻煩，我留心著自己的腳步聲走下樓梯。

我走到深夜的客廳時，只打開廚房的電燈，用白色的光輝削弱客廳的黑暗。和泉身穿薄T恤和質地似乎很柔軟的短褲，一副家居服的姿態坐在餐桌前喝著水。

「和泉，原來妳在嗎？」

她點了下頭，答道：「我在休息一下。」

我從餐具櫃拿出玻璃杯，從冰箱拿出礦泉水倒了進去。

「考試是從明天開始嗎？」

和泉從背後向我搭話。我「嗯」一聲點了點頭，在她對面的位子坐下，一口喝下倒進玻璃杯的水。

「和泉妳是從今天開始吧——怎麼樣？」

我出聲詢問，她便面帶微笑道。

「算是還不錯。健一你考得好嗎？」

「應該行。因為先前的讀書會大有收穫。」

「那可真是開心呢。之後的燒肉也很好吃。」

「就是說呀。」我點點頭，緊接著想起了讀書會那天的事。最先浮現的，是和泉和長井交換聯絡方式的模樣。

「——話說之後長井有跟妳聯絡嗎？」

我提出問題，和泉則是面不改色地點點頭。

「只有一次，是為了那天道謝的郵件。」

「是喔。」

我一邊回答，一邊把手放進短褲的口袋裡。我的指尖碰觸到一直放在裡頭的智慧型手機堅硬的觸感。

「……和泉，我也可以問一下妳的聯絡方式嗎？是說我都不曾直接問過妳……」

「嗯，可以喔——我去拿手機來，稍等我一下。」

和泉毫不猶豫地點頭，起身離開客廳。

能聽見她爬上樓梯克制的腳步聲，連她開門關門的聲音都聽得見。

我每天起床的房間跟她的房間只有幾公尺的距離。但是和泉在那裡怎樣度過每天的時間，我卻一無所知。只有傳來她總是在附近的氣息。

我回想起了先前哥哥「太過靠近反而看不見」的忠告。儘管那應該是指由梨子的事，但我卻在關於和泉的事上頭鮮明感受到了這句話的含意。為何會問和泉的聯絡方式，至今連我自己也說不出一個明確的理由。總覺得似乎只是對於長井知道，而我卻不知道的這種狀況，感到沒來由的煩躁，然後就做出了行動。並不是知道了以後想要幹嘛。

我呼的一下，吐出帶著些許熱度的氣息。

不久後，我聽見硬質的聲音下來，是和泉下樓的聲響。她打開了客廳門，手上拿著一支附有紅色手機殼的智慧型手機。

「讓你久等了。」和泉說著，坐回原來的位置上。

我們在桌上交換彼此的信箱地址等等的個人資料。結束後，不知怎的對話便中斷了，於是沉默降臨。

在和泉搬過來的這一個月期間，我們每天都在這裡碰面。跟她在客廳度過的時間，就算不說話，現在甚至能感受到一股安心感。

「啊，對了。」

我忽地想到話題發出聲音，「怎麼了嗎？」和泉側頭道。

「哥哥先前上了廣播節目。」

「是嗎？我是第一次聽說耶。」

「嗯。他說被我們聽到感覺很不好意思──看這個。」

我再次拿起智慧型手機，播放出上傳到影片網站，也有寫小說、帶著文化人氣質的搞笑藝人擔任主持的廣播節目並放在桌面上。因為哥哥上的是時間很長的節目其中的一個單元，我就操控進度條跳過時間。

「大概是這裡吧。」說著我的手指離開螢幕，正好聽見哥哥爽朗的聲音。

『大家好，我是文藝評論家坂本隆一。』

「哇，好厲害。是真的。」

和泉露出笑容，發出驚訝的聲音。

『坂本先生現在不僅在研究所攻讀哲學，也在雜誌上發表書評及評論……』男主持人以輕快的語氣介紹哥哥。至於爸爸則沒有提及。

哥哥以最近的文學作品中，近來有許多操控敘事者這種類型的作品為基礎，摻雜角色消費論或反覆輪迴等等帶有次文化色彩的術語，輕鬆愉快地講述起自己對於當今文壇的意見。

「好厲害啊。跟我們在學校讀的東西完全不同呢。健一你明白隆一哥在說什麼嗎？」

「大概一半還行吧。因為我有看那個人的書評。」

「哦——」

在播放了十分鐘左右的時候「大約就是這種感覺。」言畢我點擊螢幕，讓影片停止。

「想要知道詳情，只要輸入阿隆的名字搜尋就會跑出來了喔。」我說。

「我知道了，謝謝你。這很有趣。」和泉回答。

「總覺得念書的幹勁來了，我要回房了。」

「嗯。」

和泉帶著紅色拖鞋啪噠啪噠響的腳步聲，離開了客廳。變成獨自一人的我，斜拿玻璃杯，把剩下的水慢慢喝光。

接著我拿起智慧型手機，凝視她剛剛傳送給我的個人資料。點擊她填寫的社交網站網址之後，那個網頁就顯現出好幾張和泉的照片。有我不認識的人們，和泉露出的表情也是我所不知道的種類。

看到那些，便感覺到她似乎是在某個遙遠地方的人。
但是大概那種遙遠，正是我跟和泉之間真正的距離吧。十七年來一次也沒見過面，儘管是終其一生都不會見面的可能性還比較高，那樣薄弱的親戚關係，然而我們的生活卻在一個月前突然有了交集。
在這一個月裡我跟她的相處變得很融洽。以這麼快的步調跟誰變得友好，至今一次都不曾有過。不過在來到我家的十七年之間，和泉在哪裡跟怎樣的人怎麼樣過生活，我一無所知。
住在同一個屋簷下的我跟她之間，有著無法迅速彌補的遙遠距離。

☆　☆　☆

鈴聲響起。
當坐後面的人聽從監考老師的指示回收考卷之際，教室裡隨即開始飄散安心與解放的感覺。
這樣一來三天的考試行程就結束了。我吐了一口氣，稍微轉了一下由於讀書和緊張而僵硬的肩膀。
社團活動也從這天起重新開始。儘管外面天空一片陰霾，卻沒有下雨。昨天也不曾下雨，所以操場的狀態也沒問題吧。
「坂本，我們走吧。」
長井斜揹灰色運動提包，來到我的課桌前說。我點了下頭，也迅速收拾隨身物品。
我們離開結束考試的校舍，前往傳統上由足球社占領，位於室外的置物處。換上足球褲，脫掉西裝襯衫，換上訓練衣，然後套上釘鞋。
已經在操場上的社員們正在踢球，橘也來了，她正在把重疊的紅色角錐從器材櫃搬過來。還沒看到由梨子的身影。
「和泉同學有說考試考得怎樣嗎？」
換上白色訓練衣的長井，從包裡拿出釘鞋問道。我面向長井的方向。他依然帶著 成不變的表情。大概他是無心想找個話題，就用這件事當開頭吧。
「嗯。她說考得不錯。」我回答。
「這樣啊。我原本還有點在意會不會打擾到她念書了。」
先前所感受到有如嫉妒卻不明所以的情感，又再次纏上心間。我刻意抑制住說道：
「我想並沒有打擾或什麼的喔。因為她說了很開心。」
「那就好。」他一副像放下心的樣子說。

我瞧向操場，也許是累了，橘暫且將角錐放在地上，周遭的一年級生熱衷於互相傳球的遊戲，沒有察覺到橘。

「長井，去幫忙橘做準備吧。」

我看著橘獨自一人搬著好像很重的角錐說道，他也抬起頭「嗯」的一聲點點頭。等長井綁好釘鞋的鞋帶，我們就往操場上橘的方向跑。

「我來幫妳。」

為了協助她，長井從橘那邊接過四個重疊的角錐。橘也相當高興，表情開朗地說：「啊，長井學長，謝謝你。」

「一年級的那些傢伙，都沒有人要幫忙，果然長井學長就是溫柔呢～」

「不，最初是坂本跟我說這件事的喔。」

橘露出疑惑的神情，看著我這邊說：「坂本學長嗎？」

「學長，你是吃到什麼怪東西嗎？還是念書念過頭腦袋出問題了？」

「我善解人意就那麼奇怪嗎？」

「畢竟你是那個強烈散發出『我沒打算跟任何人說話』那種氣質的坂本學長嘛。即使先前坐去遠征的巴士，大家都High成一團的時候，你也是一直一個人戴耳機聽音樂。」

「我才沒散發出那種氣質咧。」

見到我跟橘的互動，長井泛起一抹小小的苦笑道。

「不過坂本最近感覺好多了喔。」

「你是指像這樣嗎～？」橘誇張地表現出吃驚說道。

「我要走了。我去拿器材櫃裡剩下的角錐跟圓盤來。」打算體貼一下橘的我說完以後，就走向足球社放球跟角錐的小房間了。

我們進行著一如往常的練習課表，在操場的一角，由梨子和橘在互相踢球。相對於踢得很爛又很興奮的橘，由梨子基本上一言不發。

過了一小時左右，就在所有人因為七月的暑氣汗流浹背之際，烏黑的雨雲隨同潮濕的風一起飄了過來。

雨水很快一滴滴落下。是確實會變成大雨的那種大顆雨珠。練習射門的我們隨即中斷社團活動收拾器材，由手上空空的社員們帶回有屋頂的置物處那邊。

我跟附近的幾個社員收集足球，雙手拿著跑向器材室。這段期間內雨勢依然漸漸變強，遠方傳來了打雷聲。手拿練習背心的橘大喊一聲「呀——」，往常那種做作女的樣子徹底消失發起抖來，由梨子強行奪走那些背心說道：「明香里妳先回去。」橘便回了聲「對不起～」，隨後朝著校舍的方向跑了。

包括我在內的幾名男社員，收集完散落在操場上的足球，由梨子也把練習背心和圓盤類的東西收納在架子上。收拾完畢以後，社員們離開放器材的小房間，在連視野都變得模糊的大雨之中，大家發出欣喜開心的聲音拔腿奔跑。我心想雨勢如此還不如待在這裡比較好，於是站在門口仰望天空。

厚厚的雲覆蓋天空，操場有如夜晚一般昏暗。除了雨水敲打地面的聲響，偶爾還會雷聲大作，連丹田都為之震動。氣象預報中沒說過雨會下得這麼大。肯定只會下一陣子，這樣的豪雨很快就會停了吧。

我抱著那種想法，將視線從空中移回地面，我隨即發覺到由梨子站在我隔壁。她也看著天空。不管是頭髮還是衣服，全都被雨淋得濕答答。白色訓練衣的布料緊貼肩膀附近透出肌膚的顏色，而且淺藍的內衣顏色也隨著隆起的胸部一起浮現，我反射性地別開了視線。

「看樣子，暫且待在這裡比較好吧。」

我一開口，由梨子沒有回應，只有移動雙眼望向了我。接著她踏前一步，抓住小房間裡滑門的把手。

開關不順的那扇門，由梨子用蠻力讓它發出聲音動起來，啪一聲迅速關上。沒有電燈或任何照明的小房間變得一片漆黑。只有從屋頂或牆壁的縫隙之間映入的微弱亮光，勉勉強強能看見由梨子的樣子。她轉過頭來雙手抱胸，然後從正面一直盯著我看。

「妳是怎麼了啊？」

被她不同以往的氣勢壓倒，我開口問道。

「……健一，你明明對和泉同學那麼溫柔，對我卻很嚴厲呢。為什麼？」

她突然之間像在盤問一般提到和泉的話題，讓我大感不知所措。雷不知道打在什麼地方，發出了有如地鳴的巨大聲響。

「啥？嚴厲是什麼意思啊。」

為了不被小房間裡響起的雨聲蓋過，我稍微加大音量說。

「你都叫我『妳這傢伙』，吃肉的時候也是，說什麼會肥之類讓人惱火的事。」

「因為，那是……」

「那是什麼啊。為什麼老是對她偏心。」

「我才沒做那種事。」

似乎是忽視我說的話，由梨子一步步向前進。然後把雙手放在我的胸前，猛然把體重壓在我身上，我差點就要往後倒。

「喂，別推我啊。」

「吵死了，閉嘴。」

由梨子更加把體重靠在我身上，正當我打算喊出「給我適可而止」的時候，由梨子用力地踮起腳尖，把臉抬到跟我同高的位置。

那一瞬間伴隨著柔和的溫度，口腔裡一片雨水跟汗水的味道。

我觸碰到濕潤的嘴唇，在半張的口腔內，由梨子濕漉的氣息傳了進來。舌頭和舌頭微微地碰到。在口中所觸碰到的由梨子的舌頭，有種驚人的滑溜觸感。

時間靜止了。只有一滴滴帶有重量，強力敲擊小房間屋簷的雨聲不斷響著。

我維持這個姿勢多久了呢？是一瞬間嗎？還是說經過了幾秒呢？

不久後，咚的一聲，我的胸口被用力推開，我全身無力一個不穩，狠狠撞上背後的架子。由梨子用非常火大的眼神，看著喘不上氣咳了好幾下的我。

「就是這麼回事。」

接下來她解開馬尾轉過身去，打開門在雨勢稍小的雨天之下跑了出去。潮濕的頭髮沉重地飄揚，混凝土的地板上，落下宛如雨滴的水珠。

IRISAWA
High school football club

☆　☆　☆

雷陣雨漸漸轉弱，然而由於大雨而潮濕的操場變得泥濘不堪，因此社團活動很快就解散了。

我脫下濕淋淋的訓練衣，用毛巾擦拭身體換上制服。然後跟社員們保持距離，獨自一人抱膝凝視下著小雨的操場。

唇舌之間還留著由梨子的觸感。觸碰到身體的那種柔軟，伴隨著彷彿現在還能感受到的生動，一次次在腦海中甦醒。相對的，對於現實的感覺變得相當稀薄，感覺甚至連空氣都變得稀薄難以呼吸。現在的感覺與那時混亂交纏，我的腦子好像快變得不正常了。

「喂，坂本，你哪裡不舒服嗎？」

突然聽見的聲音，讓我發出了愣愣的一聲「咦？」，長井跟其他幾個社員，用似乎很擔心的神情問我。

「……什麼事都沒有。」

言畢，他們便說了聲：「是喔。」儘管顯露出很在意的表情，但他們還是離開了我身邊。

過了一會兒雨停了，天空急速變得晴朗。烏雲散去後的天空，是甚至顯現出炎炎夏日的火紅傍晚天空。操場到處出現的水窪，銳利地反射陽光，高空出現淡淡的彩虹。

社員一個接一個回家之際，我卻一點都不想動，我想一直仰望那夏天的天空。

黃色的夕照漫射在周遭，閃亮的彩虹漸漸淡去，不消多久徹底融入傍晚天空的時候，我終於站了起來。

周遭已經沒有半個人。不僅是足球社的社員，連田徑社、網球社，在操場活動的社團團員們大致上都回家了吧。

我拿著隨身物品，步履蹣跚地走到腳踏車停車場，我環顧了四周，然而在比起早上數量少得多的腳踏車裡，沒有看到由梨子的。我把鎖解開，帶著沉重的心情，在傍晚的街道上一個人騎腳踏車回家。

一到家，和泉的皮鞋一如往常整齊地成對擺放著。看見它我不知為何深深嘆了口氣。

我脫掉鞋子，穿上自己的拖鞋。

一打開客廳的門，發現燈沒開，沒有任何人的氣息。在夏天的第一次漫長傍晚結束時，客廳整體的輪廓顯得模糊，看上去像是時時刻刻就要陷入黑暗中那樣。

隨後，我感覺到有人的氣息。

和泉坐在安置在門旁的沙發上。不過她的頭很疲倦地傾斜著，雙眼緊閉。在寂靜的傍晚之中，唯獨能聽見她均勻呼吸的聲音。

——她在睡覺。

最近一直到很晚，她房間的燈都還沒關。我記得她的考試也是今天結束，也許是放下心來就覺得累了吧。

因為她就穿著制服睡著，因此裙子向上掀開了些，能窺見她的大腿。雖然說和泉總是破綻百出——我心想，唯獨現在拜託饒了我吧。

我攤開在沙發旁疊好的毛巾毯，為了不吵醒她默默地披在她身上。

我重重地、緩緩地吐了口氣。望著睡得香甜的和泉，就覺得跟由梨子在那片黑暗中發生的事宛如是夢一場。然而與此同時，如今依舊殘留的她的汗臭味，以及舌頭滑溜的觸感，又真實到讓人無從逃避。

我離開客廳，靜靜地關上了門。

接著我在浴室裡從頭開始沖澡。閉上雙眼就會想起她被雨淋濕的模樣，令我難以呼吸。

我知道、我明白她是異性。但是我從未如此強烈，甚至是親身感受到她是個女孩子。水滴滴答滴答從身上滴落，捲進漩渦裡成為流水的一部分，被吸進排水口。

我離開浴室擦乾身體，換上了家居服。為了不要吵醒和泉，我用沖過澡變得柔軟的肢體，盡量避免發出腳步聲爬上了樓梯。

七月漫長的太陽尚未西沉。深橘色的陽光從窗戶大量照進房裡，排放在書架上一大堆的書，沉浸在深深的暗影中。

靜謐的初夏傍晚，也許連時間的流動也跟著變緩了吧，感覺這夕陽好似會永遠掛在天邊。

我打開窗戶走到陽台上。濕漉漉的街道正在發亮。傍晚的所有色彩變成漸層點綴天空，空氣炎熱到像身在蒸籠裡。

某處傳來蟬叫聲。

我感覺到，梅雨季已經結束了。

後記

我是在二〇一五年的七月，寫下成為這部作品的原型的文章。在寫完上一部作品之後，我跟責任編輯開過會，我提出了好幾個企畫，結果獲選的是以同居為主題的現代青春小說企畫案。

同居在各式各樣種類的故事內容中，是從以前就有使用的主題。是相當傳統並且招牌的故事。為了盡量不要顯得老氣橫秋，我一直留意使用我們自己平常會使用的言語，描寫我們現在所過的日常生活。

我特別喜歡閱讀小說中關於「描寫」的部分，而且那還能起到把總是看膩的、不曾留意的現實，再次找出新鮮事物的功能。我一邊夢想能成為在讀者忽然從書中抬起頭的時候，讓映在他們眼中的風景看起來有哪裡不一樣的小說，一邊寫下了以我們生活的現代為背景的作品。

閱讀文章有種獨特的快感。很多情況下，能說明為什麼會覺得故事感動（例如角色克服了種種困難，或是出乎意料的事成為了伏筆，在後來的故事中發揮作用等等）。而閱讀文章的文脈本身所得到的感受，除了能說「這邊非常棒喔」以外，似乎相當難以清楚說明。

最近故事的模式、結構，已經被進行相當多的研究，手法也被做了相當實用的整理。但即使如此，細節的描寫方法仍然有無限的變化，我認為創造出專屬那部作品的氛圍，應該也是為了寫出有趣小說所不可或缺之事。

倘若能帶給各位讀者那樣愉快的一刻，便是我的榮幸。

以下是感謝詞。

責任編輯N，這次也受您照顧了。另外，繪製出具有現代感又非常有品味插圖的和遙キナ老師。百忙之中還負責這部作品的插圖，非常感謝您。親切的各位小說家，總是給予我感想等等，謝謝大家。要是有機會的話，我還想多聽聽大家的看法。

還有各位讀者。非常感謝大家讀到這裡。只要狀況容許，我打算把這部小說寫到當初構思的地方。

那麼今天就先到此為止，我們下次再見吧。

久遠侑

久遠侑老師，
恭喜
發售♡
Kazuharu Kina

Kadokawa Light Novels

與佐伯同學同住一個屋簷下 I'll have Sherbet 1～2 待續

Kadokawa Fantastic Novels

作者：九曜　插畫：フライ

冷靜同居人弓月同學將被佐伯同學攻陷!?
同居＆校園戀愛喜劇第二幕即將開演！

黃金週結束了，幸運的是，我——弓月恭嗣，與佐伯同學的分租生活，還沒被太多人發現。但佐伯同學即使在學校也是拚命與我拉近距離，還有雀同學緊盯著我的動向……不僅如此，就連寶龍同學最近不知怎地也開始故意招惹起佐伯同學——

各 NT$240~270/HK$75~80

台灣角川

Kadokawa Light Novels

青春豬頭少年不會夢到初戀美少女

Kadokawa Fantastic Novels

作者：鴨志田 一　插畫：溝口ケージ

咲太為了讓撐起現在與過去的重要人們
獲得幸福的未來，踏出腳步——

「咲太小弟，我啊，希望自己喜歡的人獲得幸福。」初戀對象翔子讓咲太懂得的溫柔。「我們兩人一起幸福吧。」現在的女友麻衣讓他學會的勇氣。高中二年級的冬天，咲太為了讓重要的人們獲得幸福，踏出腳步——邁向新未來的青春豬頭少年系列第七彈！

台灣角川

各 **NT$220~260/HK$68~78**

©RAKUDA 2016

Kadokawa Light Novels

渣熊出沒！
蜜糖女孩請注意！
2
Illustration シロガネヒナ
烏川さいか
Kadokawa Fantastic Novels

Kadokawa Light Novels

女孩不會對完美戀愛怦然心動的三個理由

Kadokawa Fantastic Novels

作者：土橋真二郎　插畫：白身魚

威描寫金錢與欲望以及真愛，
《扉之外》土橋真二郎最新作！

企圖利用男女間的戀愛感情在校內獲得莫大權益的神崎京一，遭到夥伴背叛，被趕出了隸屬的同好社。其實學校裡有一個「女孩戀愛潛規則」，還存在著以戀愛交易為生的地下集團掌控著權益！為了再次登上校內巔峰，神崎開始新的戀愛顧問事業……

NT$190/HK$58

台灣角川

Kadokawa Light Novels

早安，愚者。晚安，我的世界

Kadokawa Fantastic Novels

作者：松村涼哉　插畫：竹岡美穂

活在崩壞世界的少年和少女，幸福地獄即將開啟——
《其實，原本只要那樣就好了》衝擊系列作第二彈！

社群網站上喧騰的留言指稱高中生「大村音彥」恐嚇勒索好幾名國中生，金額達三千萬圓，今晚還將三名國中生打個半死。「但我知道，這是差勁無比的謊言。因為，大村音彥是我的名字——」當逃竄的少年與進逼的少女相遇時，意想不到的真相便將揭曉。

NT$200/HK$60

台灣角川

國家圖書館出版品預行編目資料

距離太近,關係太遠的十七歲 / 久遠侑作 ; 楊雅琪
譯. -- 初版. -- 臺北市 : 臺灣角川, 2018.09
冊 ; 公分. -- (Kadokawa fantastic novels)
譯自 : 近すぎる彼らの、十七歳の遠い関係
ISBN 978-957-564-413-0(第1冊 : 平裝). --
ISBN 978-957-564-414-7(第2冊 : 平裝)

861.57 107011432

Kadokawa
Fantastic
Novels

距離太近，關係太遠的十七歲 1

（原著名：近すぎる彼らの、十七歳の遠い関係 1）

2018年9月13日　初版第1刷發行

作　者：久遠侑
插　畫：和遥キナ
譯　者：楊雅琪

發行人：岩崎剛人
總經理：楊淑媄
資深總監：許嘉鴻
總編輯：蔡佩芬
編　輯：黃怡珮
美術設計：莊捷寧
印　務：李明修（主任）、黎宇凡、潘尚琪

發行所：台灣角川股份有限公司
地　址：105台北市光復北路11巷44號5樓
電　話：（02）2747-2433
傳　真：（02）2747-2558
網　址：http://www.kadokawa.com.tw
劃撥帳戶：台灣角川股份有限公司
劃撥帳號：19487412
法律顧問：有澤法律事務所
製　版：巨茂科技印刷有限公司
ISBN：978-957-564-413-0
香港代理：香港角川有限公司
地　址：香港新界葵涌興芳路223號
新都會廣場第2座17樓 1701-02A室
電　話：（852）3653-2888